伝言猫が雪の山荘にいます　目次

主要登場人物

・芦原琴美《あしはらことみ》（43）　女優
・佐々木単衣《ささきひとえ》（36）　飲食店店長
・國枝碧《くにえだあお》（59）　会社経営
・國枝柚月《ゆづき》（58）　染物作家
・高柳耕三郎《たかやなぎこうざぶろう》（48）　グルメサイト運営会社勤務
・最上風花《もがみふうか》（26）　聴雪館《ちょうせつかん》の主《あるじ》

・虹子《にじこ》　カフェ・ポンの店主
・スカイ　ふー太の同僚猫
・サビ　門番猫
・ナツキ　魔女猫

・ふー太　伝言猫

――ミステリと猫を愛するすべての人へ。

出発前

カフェ・ポン

パチパチと聞こえるのは、暖炉《だんろ》の中の薪《まき》がはぜる音だ。店に流れるBGMみたいに絶えず聞こえているその音が、俺を眠りの国に誘う。さながら子守歌だ。うつらうつらまどろんでいたところを、舌打ち混じりの声が横入りしてきた。

「まったく、あなたたちさっきから一ミリも動いていないんじゃないの？」

うっすらと片目だけを開けると、足首まである真っ白いワンピース姿の虹子《にじこ》さんが立っていた。俺たちを見下ろす顔には、明らかに呆れた表情が浮かんでいる。

「だって、外はすんごく寒いんだよ。こんなにぽかぽかなところから追い出すなんてことしないでよ」

俺が反論するよりも先に、隣で丸くなっていたブチ猫のスカイが半泣きの顔を上げていた。冬場は活動が少ないせいか、ますますでっぷりと蓄《たくわ》えているお腹の肉を、小刻みに揺らした。

「全くもお。猫はこれだから困る。冬はホントに使い物にならないんだから」

はあっと息を吐いた虹子さんだが、

「ほら、これでも飲んで、少しはやる気出して頂戴な」

と、陶器のボウルを俺たちの前にコンッと音を立てて置いてくれる。ノビをしながら近づくと、ほんのり温かなミルクがたっぷり満たされていた。スカイと並んでぴちゃぴちゃ音を立てて飲む。こんなの子猫の飲みものじゃねえか、と悪態《あくたい》をつきたいところだけど、確かにお腹の中がぽかぽかになってきた。と同時にまたもや睡魔が襲ってきて、俺は大口を開けてあくびをした。

ここはこの女性、虹子さんが運営する〈カフェ・ポン〉という名の店だ。カフェとは名ばかりで、大したメニューはない。飲みもの以外にあるのは軽食くらいで、これといった工夫も見られない。

もっとも、たまに食材を手にしては、首を捻《ひね》っているところをみると、虹子さんなりに試行錯誤しているようだけれど、料理好きの家族に飼われていた俺からすると、正直なところ、どれもいまいちぱっとしない。

それでもこの店にお客が来るのには訳がある。

店内のチェストに小さな箱が設置されている。虹子さんはポスト、と呼んでいるけれど、そんな立派な代物《しろもの》じゃあない。ただのいびつな木箱だ。まあそれはさておくとして、その箱に客がアンケートの回答を入れていくのだ。

アンケートの質問はこんなふうだ。

〈あなたの会いたい人は誰ですか？〉

訪れた客は、自分の名前と会いたい人の名前をアンケート用紙にしたためて投函《とうかん》していく。その中から虹子さんの選考を通過した人だけが願いを叶えられる。

虹子さんのセレクトの基準は一貫している。実際に会える相手なら自分の足で会いに行けばいい。もっと切羽詰《せっぱつ》まった人だけが対象になるのだ、という。

例えばもう亡くなっている相手、あるいは事情があって、会うに会えない人、会うことはできたとしても、言葉を伝えるのが難しい場合……。さまざまなパターンがある。普段会っている身近な相手だったとしても、本人が直接伝えるよりもふさわしい依頼だと判断されることもある。

虹子さんの言葉を借りれば、「何でもかんでもじゃないの」となる。厳しいセレクトを経て、「この人は」と虹子さんが決定を下すと、いよいよ俺たちの出番だ。願いを叶えて想いを届けてやるのが、そう、俺たちの仕事。伝言猫、って呼ばれている。つまり虹子さんは、俺たち伝言猫の雇い主ってわけだ。

ちなみに声を大にして言っておきたいけれど、伝言猫はそんじょそこらにいる猫が誰だってできる仕事じゃない。いくつもの経験を積んで、成長していくんだ。と、つい鼻息が荒くなっちまった。

ああそうそう、伝言猫は天寿を全《まっと》うした猫が就く仕事のひとつ。つまり現世って呼ばれているあっちの国で、既にそれなりの修行を終えた猫なのさ。

　こっちに来たら、ぐーすか寝てばっかりいられるんじゃないのかって？　俺もそう油断していたら、全然違った。なんせ、こっちの世界で過ごすための五箇條なんてのがあるんだぜ。ひとつに早寝早起き、ふたつに適度な運動、みっつに食べ過ぎ注意、よっつに自分の面倒は自分で、いつつめはご機嫌《きげん》に日々を過ごす、だ。この五箇條を守るべく、日々奮闘（たまに休息を交えながら）しているってわけ。

「ほら、仕事仕事」

　俺は二度めの大あくびをして、奮闘のための休息をとるべく再び眠りの世界に足を踏み入れようとし、スカイはすっかり寝入ってしまっている。そんな俺らの束《つか》の間《ま》の休息を無視して、虹子さんが手をパチパチと叩いた。

　スカイは目を細めたまま、

「ねえ、僕、今回とっても大変だったんだから、ちょっとは休ませてよ。あーあ。いっぺんに仕事して疲れちゃったよ」

　と言ったかと思うと、体勢を整えて、顔をふさふさのお腹に埋《うず》めた。

　俺やスカイみたいに、いくつもの仕事をこなしてきたベテラン（ここ、重要などこ）伝言猫になると、会いたい人の言葉を伝えればいいってだけには留まらなくなる。言葉だけでなく必要なアイテムを持ち込んだりすることもあるし、伝える内容や手筈《てはず》だって多岐《たき》に渡る。

相変わらずでっぷりした腹を上下させているスカイも、なにやら面倒な仕事を終えたあとらしく、

「クリスマスイブの……」

むにゃむにゃと寝言を呟《つぶや》いて、また寝息を立てた。

こいつはおそらく、クリスマスプレゼントに相応《ふさわ》しい伝言でも頼まれたのだろう。仕事を終えたあとも相手に伝える言葉が口をついて出るだなんて、なかなか難儀だったのかもしれない。

慰労してやるか、と、俺もスカイに寄り添おうとしたところで、

「ふー太、これよろしくね」

と虹子さんがアンケート用紙の束をぬっと差し出してきた。この雇い主は実に容赦ないのだ。

「はあーい」

返事のつもりがあくびになっちまった。虹子さんの「全く」という何度めかの舌打ちが聞こえたようだけれど、気にしまい。それよりも、

「へ？　五枚もあるじゃねえかよ」

渡された用紙の束に目を剝《む》いた。ついでに自慢の尖《とが》った歯を見せて威嚇《いかく》してみるが、虹子さんはそんなことなど意に介《かい》さずに、切れ長の目の端《はし》をキラリと輝かせた。

「ぐうたらな猫くんにぴったりのお仕事。これはもうボーナスみたいなものねえ。だっていっぺんに五個のハンコが押せるチャンスなのよ」

「なんだって？」

俺はふん、と鼻を鳴らした。


ひとつの仕事が終わると、伝言猫は自分たちの肉球で勤務表に印を押す。それがいま虹子さんが口にした「ハンコ」のことだ。この肉球印がいつつ貯まるごとに、報酬が貰える。

こっちの世界に来て仕事をはじめ、最初に勤務表に五個の肉球印が並んだときの喜びはいまも覚えている。

初回の報酬は決まっている。伝言猫である自分たちも会いたい人に会いに行けるのだ。もちろんこっちの世界に来てからだってあっちの世界の人に会いに行くことはできる。けれどもそれには、年月の縛りがあってすぐには無理なんだ。そのあたりの細かいところは、「前の本に書いてあるわよ」って虹子さんが言っていたから、まあ、そうらしいんでよろしくな。

と悠長《ゆうちょう》に宣伝している場合じゃない。話を続けよう。

そう、最初の五個が貯まった報酬として俺が会いにいったのは、ほかでもない、俺を十九歳になるまで育ててくれた飼い主のミチルさ。いまはもういっちょ前の社会人になっているけれど、小さい頃は泣き虫で寂《さび》しがり屋でさ、俺がいなきゃ、なんにもできなかったんだぜ。ああ、思い出していたらまた会いたくなっちまった。

初回の報酬が貰えると満足しちゃって、伝言猫を辞めて別の仕事に転職する猫も多い。けど、俺はなんとなくこの仕事が性に合っている気がして、そのまま伝言猫を続けているんだ。スカイも同じだ。

じゃあ次の五個が貯まったらまた誰かに会いに行くのかって？　いやいや。こっちの世界で年月も重ね、経験も積んだおかげで、あっちの世界には、いまじゃあわりと自由に行き来できるようになった。

ただ、そうは言っても頻繁《ひんぱん》に行き来するのは自粛している。だってあまりにしょっちゅう現れたら、あっちの人間が驚くだろ。俺らは「地球が歪《ゆが》む」って表現を使っているんだけど、つまり、バランスが崩れるのはよくないんだ。そのあたりは、いちおうわきまえているつもりさ。

そんなわけだから、二回め以降の報酬は自分で決めていいことになっている。これまで俺はかなりの数の仕事をこなしてきた。五回ごとの報酬ももう何度貰ったか数え切れないくらいだ。数を勘定するのが得意でないことは差し引いても、だ。

　俺の横で重労働の疲れを癒《い》やしまくっているスカイは、五回分のハンコが貯まるとその都度《つど》、珍しいおやつやらおもちゃやらを貰っているらしく、会うたびにいろいろ見せてくれる。けど、飽《あ》きっぽいのか、すぐに新しいおもちゃに浮気しているみたいだ。

　俺はもうちょっと実用的なものをリクエストすることが多い。運動不足解消のためのタワー状の家具だとか、電気じかけでぶんぶん動く蜂《はち》がついたマシンだとか。

「洒落《しゃれ》てるもん頼むなあ」

と伝言猫仲間から感心されたりするけどな。ただここだけの話、実を言うとちょっとだけ違う。

　そうした大きめのグッズって、届くときに箱に入っているだろ。段ボール箱。それが俺の本当の狙い。あれは寝床にもなるし、かくれんぼにももってこいだし、まあとにかく入ったり出たりするだけでも楽しくて興奮しちゃうんだ。虹子さんには内緒だけどな。

　そうそう、俺とスカイや他の伝言猫たちで、いつだったか虹子さんの願いを叶えてやったこともあったな。彼女がかつて飼っていた猫を探し出して、会わせてやったんだ。猫なんてものすごい数いるだろ。その中から見つけるのは至難のわざだったんだけど、力を合わせてなんとか実現できたんだ。

あのときの虹子さんの嬉しそうな顔。ちょっと泣いていたかな。けど嬉しそうに泣いていたから、きっと喜んでくれていたんだと思う。そのあとに俺らが貰ったおやつが、そうとう豪華だったから、多分そうなんだろう。

その五個分のハンコがいっぺんに押されるチャンス、と聞いて、俺の耳がピンと立つ。

「なんだって?」

俺の驚いた声に反応したのか、スカイが「くうー」と変な音を漏《も》らしたけれど、寝言かなんかだ。顔も上げずにまた寝入ってしまった。

「私もよくわかんないんだけどね。会いたい人からの伝言を待っている人たちがひとところに集まるみたいなのよ。この日に、ね」

と、虹子さんが残り一枚になったカレンダーの二十四の数字を指差す。十二月二十四日。クリスマスイブだ。この時期は、どっちを向いてもクリスマス関係の仕事が多い。

俺の友だち（彼女とも言うが）のナツキって黒猫は、魔女の手伝いをする魔女猫の仕事をしているんだけど、今月に入った途端《とたん》、とんでもないくらい忙しいんだとぼやいていた。キラキラの衣装で着飾って、おもちゃ売り場に駆り出されたり、ツリーのオーナメントやリースになったりするみたいだ。赤い三角帽子を頭にのっけて、サンタの手伝いもするんだとか。まあ口では不満を漏らしつつも、毛並みの隅々《すみずみ》まで艶々《つやつや》になっていて、足取りも軽《かろ》やか。つまるところ超ご機嫌だったから、相当楽しいんだろう。

――そりゃそうだ。クリスマスは特別だもんな。

俺の意識はたちまちぽやんとして、懐かしい思い出の中に潜《もぐ》り込む。

クリスマスのいくつか前の週末になると、ミチルの家の居間には、おもちゃのもみの木が置かれて、そこにはチカチカと点滅する豆電球やキラキラした飾りがいっぱいぶら下がっていたんだ。俺好みのボールやふさふさした紐《ひも》みたいなのもあるんで、つい愉快《ゆかい》になってじゃれついちゃってさ、よくママに、「ふー太、いたずらしないで」って笑われたもんだ。

けど、ミチルはこっそりとその中のいくつかの飾りをツリーから取って、俺に渡してくれたりしてさ。やがて二十四日のイブが来ると、それはそれはスペシャルな雰囲気に包まれたもんだ。ママは朝からはりきってご馳走《ちそう》を作ってくれ、食後にはパパが買ってきてくれたケーキを食べるんだ。もちろん俺の大好物のシュークリームだってちゃーんとあるんだ。

ミチルがまだ子どもの頃は、ミチルが寝てから、パパとママがそっと寝室に忍び込んで、プレゼントを枕元に置いていたもんだ。俺が物音に反応して薄目を開けると、ママは口の前に人差し指を立てて、俺のほうに向かって「しー」って言っていたっけな。

朝、目覚めたミチルが、プレゼントを見つけて大喜びしてさ、「サンタが来た、サンタが来たよ」ってママやパパに報告していたのが本当に可愛かったなあ。俺が微笑《ほほえ》ましくそれを眺めていると、ママがちっちゃくウインクしてみせてくれたりもしたな。

「ふー太、わかった？」

思い出に浸《ひた》っている俺を、虹子さんのぴしゃりとした声が現実に引き戻す。

「ん？　ちっとも聞いてなかった」

正直に白状する。

「とにかくこの日にここに行けば伝言相手の全員に会えるみたいだから。みんなで集まってクリスマスパーティーでもやるんじゃないの？」

「じゃあその五人ってのは親戚とか友だちとかなのか？」

俺が下準備がてら尋《たず》ねても、虹子さんは、さあどうかしら、と上《うわ》の空《そら》だ。しかもあろうことか、

「ちゃっちゃと済ませてきちゃって」

なんて気軽に言う。

「全く『ちゃっちゃ』とか言うけどな。伝言はそんなに簡単じゃないんだぜ」

むすっとしている俺をよそに、仕事を振って安心したのか、虹子さんは機嫌よくトナカイが出てくる童謡の鼻歌なんか歌ってやがる。

ちっ。すっかりクリスマス気分かよ。それにしてももうそんな時期か。どうりで寒いわけだ。俺は丸まっているスカイの隣にくっつくように並んだ。それからスカイとそっくり同じようにお腹に顔を埋めた。

ここはあったかいな。

睡魔が押し寄せてきた。

ポリスボックス

冬らしい澄《す》んだ空が広がっていた。振り向くと、カフェ・ポンの真っ白い店舗の前で、グレーのドアを背に、虹子さんが手を振っていた。

「いってらっしゃい。店内をぽかぽかにして待っているからね。帰ってきたら、お魚のスープを作ってあげるわ」

お魚のスープだと？　虹子さんのことだ。どうせスーパーで売ってる切り身の白身魚かなんかを茹《ゆ》でただけに決まってらあ。けど、

「お魚のスープ、か」

魚の出汁《だし》がスープに旨みを出してくれるかもな、と想像する。案外悪くないな。

俺は鼻のあたりをぷくっと膨《ふく》らませた。

俺は空想のスープに別れを告げ、ぶるると武者震《むしゃぶる》いをしてから、歩《ほ》を進める。やがて掘っ立て小屋みたいなポリスボックスが見えてきた。


カフェ・ポンは「緑の国」と「青の国」の境目にある。

そうだ、ここで俺らが使っている専門用語の説明をしておかないとな。緑の国、っていうのは、俺が前に暮らしていたところの名称。深い森をイメージしてもらえればいい。わかりやすく言えば「現世」ってことになるんだろうけど、いまの俺にとってはこっちが現世、だ。でこっち側、つまり「黄泉《よみ》の国」なんて呼ばれているのが青の国。今日みたいに晴れ渡った空の色だ。そもそもは俺と虹子さんで考案した呼び名なんだけど、いまじゃあすっかりみんなの通称だ。

俺たち伝言猫は、その「緑の国」と「青の国」を行ったり来たりしながら情報を仕入れて、任務を遂行していくんだけど、ふたつの国の狭間《はざま》で往来の手配をしているのが、このポリスボックス。空港の税関とか、昔でいえば関所みたいなもんだ。

「よお。寒いのに、精《せい》が出るなあ」

でっぷりとしたサビ柄《がら》の猫が、ボックスの窓から顔を出した。門番のこいつは無愛想で柄が悪そうだけど、意外と親切でこれまでの仕事でも何度もサポートしてもらってきた。頼もしいヤツなんだ。

「まったくよお、俺だって冬に仕事なんてしたくねえよ。けど、伝言したい人に季節は関係ないからなあ」

ぼやきながら、通行手形を取り出す。前もって虹子さんが用意しておいてくれたものだ。特製の猫の絵のハンコが押されているのが、本物の証だ。

そりゃそうだな、と軽くあしらったサビが、窓から手をぬっと出して手形を受け取る。サビ柄の腕には、いくつもの古傷が残っている。こいつは多くは語らないけれど、飼い猫で生涯を終えた俺と違って、たくさんの苦労をしてきたらしい。

それでもどんな境遇だとしたって気候の変化に耐性ができるはずもない。寒いのが苦手なのは、どの猫も同じだ。なるべく外気に触れないよう顔を背《そむ》けながら手続きを進めていたサビが、通行証に目を近づけた。書かれているのは俺の行き先だ。

「ここって確か……」

不備でもあったろうか。俺がきょとんとしていると、

「天気予報がなあ」

と顎《あご》に手を置いたあと、ポリスボックスの奥に引っ込んだ。カチャカチャと機械の操作音が聞こえたかと思うと、気の毒といわんばかりに歪ませた顔を出した。

「雨なのか？」

びしょ濡れになるのはごめんだ。雨の中の仕事になるのかとうんざりしていると、サビが首をぶるぶると振る。

「違う、違う。雪だよ。お前、大丈夫か？」

その言葉に俺はぴょんと高く飛び上がった。怖くて、ではない。嬉しくて、だ。思わず尻尾《しっぽ》までもがぷるんぷるんと左右に動いてしまった。

「雪だって？　やったあ」

育ったのは温暖な地域だった。雪がたくさん降る場所がどこかにあることも知っているけれど、それはあくまで物語や映像の世界でのことだ。ただ、数年に一度か二度、ミチルの家のあたりでも雪がちらつくこともあった。絵本で見るみたいにこんもりと積もったり、雪だるまを作ったりはできないけれど、空から真っ白いふわふわしたものが降ってくるのは本当に綺麗だった。

そんな日はミチルも朝から「雪だ、雪だ」って大騒ぎして、表に飛び出して行ったんだ。俺も釣られて出ると、その雪ってやつは、雨みたいにじめっとしていなくて、軽くて、ほんのちょっと冷たくて、触れると瞬く間に解けていく。ぺろりと舐めると、ひんやりして美味しかったものだ。

どうやら今回、俺がこれから行く先では、その雪ってやつが降るらしい。小躍《こおど》りしていると、

「気をつけてな。天候が荒れると往来に手間取ることがあるから、無理そうだったらすぐに引き返せよ」

注意を促《うなが》してくれていたけれど、まさかあんなことになるだなんて、思ってもいなかったんだ。

サビの忠告を、もっと真剣に聞くべきだったと、のちのち悔やむことを、そのときの俺は知る由《よし》もなかった。

雪山へ

サビのいるポリスボックスの先は、緩《ゆる》い下り基調が続く。坂のように感じるが、どうやらこれは橋らしい。この橋が青の国と緑の国、つまり黄泉の国と現世を結んでいる。

飼っていたペットは亡くなったあと、虹色の橋のたもとで飼い主を待っている、という虹の橋伝説というのものがあるんだと、前に虹子さんに教えてもらったことがある。それが本当かどうかは、こっちに来てみればわかることだ。もし、大切なペットを亡くして悲しんでいる人には、こう言ってやりたいな。俺たちはこっちで楽しくやっているから心配するな、たまには会いに行くからな。それにいつだってちゃーんと見守っているぜ。だから安心して暮らしていてくれよ、ってな。

さてサビに送り出された俺は、意気揚々と橋を下っていく。大切な五枚のアンケート用紙は、腰のポーチに入っている。出掛けに虹子さんが、

「まとめて持ち運ぶのにちょうどいいでしょ」

とか言って、いそいそと腰につけてくれたポーチだ。たまに洋服を着せられている猫や犬に会ったりするけれど、俺はそういうのは好みじゃない。だから、

「そんなのいらねえや」

と一度は断ったけれど、青の国の名に相応《ふさわ》しい水色がなかなか洒落ていて、つい虹子さんの「似合うわよー」の声に乗せられてしまった。けど、局員みたいに郵便バッグを提げているなんて、いかにも伝言猫っぽくてイカしているじゃないか、と前肢で腰に触れてみる。

そうこうしているうちに、やがて目の前に、真っ白な大地が広がった。

「これはなんだ？」

一面の白が太陽に反射して、眩《まぶ》しさのあまり思わず俺は目を覆《おお》う。細く目を開けて、あらためて辺りを見回す。足元がひんやりしているのに気づくのは、そのあとだった。

感触はまるで公園の砂場のようなのに、じっと立っていられないほどだ。一歩進むだけでも、ずぼっとずぼっと肢《あし》が埋もれてしまう。

参ったなあ、と見上げた俺の鼻先に、ちらちらしたものがぶつかって、すぐに解けた。それは舞いながら落ちてきて、大地に積もっていく。ミチルとはしゃぎながら見た景色とは全く違う。

「これが雪、なのか」

星の瞬きのように輝くその細かな粒は、とても美しくて、俺はしばらく足を止めて眺めていた。

視線をずらすと、木立の脇にこんもりとした小山があった。そっと触れてみると、綿菓子のようにふかふかだ。

「ひゃあ、こりゃいい」

俺のテンションは一気に上昇し、積もった小山にジャンプして、ごろりと転がってみる。しばらくごろごろしていたけれど、さすがに全身が冷え冷えしてきた。ようやく起き上がり、ぶるっと身震いすると、毛のあちこちから雪が飛び散った。ほんの僅《わず》かな間に、背中や頭に積もってしまったようだ。このままここに立っていたら、雪だるまになっちまうぞ、とミチルの部屋にあったキャラクターのぬいぐるみの姿を思い出して、頭を振る。

「つい横道に逸《そ》れちまった。誘惑だらけで参るよ」

先を急いだ。

まもなく視界の先にこぢんまりした山小屋があらわれた。ロッジだ。チロル調と呼べばいいのか、漆喰《しっくい》の白い壁と木枠に嵌《は》まった窓、なだらかな三角屋根の煉瓦《れんが》は赤褐色《せきかっしょく》で、軒先《のきさき》や庇縁、それに玄関のドアはモスグリーン。外国の絵本の中に紛《まぎ》れ込んだみたいに素朴《そぼく》な建物だ。思わず頭の中にヨーデルが流れてきて、俺はスキップしそうになる。

けれどもさっきよりも雪深くなっているようだ。足を取られ、スキップどころか歩行すらままならなくなってきていた。

このロッジに今夜、会いたい人からの伝言を待っている五人が集まる予定だ。俺はずぶずぶと肢を雪に踏《ふ》み入れながら、建物を目指した。

宿泊客の登場

芦原琴美《あしはらことみ》の場合

その日は終日、CMの撮影で郊外のスタジオに詰めていた。撮影自体は午後からだが、早朝から出向くのは、事前の打ち合わせやヘアメイクのためだ。

ようやく撮影に入っても、どこまで必要なのかもわからないカットをいくつも撮り、そのたびに照明やセッティングを変える。出演時間よりも待ち時間のほうが長い。

大学の演劇サークルに所属していた頃から出入りしていた劇団に、琴美は卒業後も世話になった。演出家の薦《すす》めもあり、芸能事務所に入ったのは二十五歳のときだ。それからまもなく二十年が経つというのに、この業界のこうした「常識」に琴美はいまだに慣れずにいる。

いくつかのシーンを繰り返し収録したあと、

「はい、カット。芦原さんの出演シーン、これで全て終了です」

三十代半ばかとおぼしき若い監督が締まりのある声を出すと、スタッフから拍手とともに、口々に、「おつかれさまでした」と声がかかった。

琴美がにこやかに頭をさげると、スタッフのひとりから大きな花束を渡される。たった数時間の仕事なのに、まるで長編映画一本のクランクアップのようだ、とその大袈裟《おおげさ》な扱いにまた戸惑《とまど》う。

今回のCMの商品には、「混ぜるだけでおうちでシェフの味」というキャッチコピーが付けられている。小分けのパッケージ入りのその調味料のシリーズは、シーズニングスパイスというジャンルなのだと、撮影前の打ち合わせで説明を受けた。手軽に食事の用意をしたい忙しい夫婦や自炊習慣のないひとり暮らしのビジネスパーソン、子育てに追われる若いファミリー層などがターゲットだと聞いていた。

スタジオを出た頃には、すっかり夜が更《ふ》けていた。このあと、スタッフたちは、商品やタレントの入り込まない料理のシーンを撮っていく。すれ違いざまに会釈《えしゃく》とともにスタジオに入ってきた女性は、手タレと呼ばれる手先のみの出演者だ。この進み具合でいくと、おそらく、撤収は深夜になることだろう。

自分だけが先にその場を離れることを申し訳なく感じながらも、かといって、出演を終えたタレントがいつまでもふらふらとしていても迷惑なだけだ。場を仕切っていたディレクターの「タクシー呼んでますから」の言葉に背を押されるように、スタジオをあとにした。

二年前、所属していた事務所を辞め、独立した。同時にスケジュール管理も自らが行うことになった。マネジャーを雇わないのは、経費の節約のためばかりではない。受ける仕事やスケジュールも、ひとりで管理するほうが気が楽だからだ。

明日は乃木坂《のぎざか》で新しい連続ドラマの顔合わせ。出発は朝の八時だ。頭の中でスケジュール表を開きながら、マンションのオートロックを解錠し、エレベーターを待つ。今回の琴美の役柄《やくがら》は、主演を務める女性アイドルの母親役だ。少し前までは主役の友人や取り巻きを演じることが多かったのに、最近は母親役が増えてきた。四十三歳にもなるのだから当たり前のことだ、と苦笑とともにため息を漏《も》らした。

バッグに手を入れると、畳《たた》まれたコピー用紙に手が触れた。地図だ。

来週末、アウトドア雑誌の撮影がある。待ち合わせ場所の住所や地図は、依頼してきた雑誌社の編集担当者から送られてきていた。メールに添付されていたものをプリントアウトしておくのも、もちろん琴美の仕事だ。

「こっちのほうが見やすいんだよね」

琴美は四つ折りにされたコピー用紙をバッグから取り出し、肩を竦《すく》める。

もちろんスマホの地図アプリを使ったり、仕事用のパソコンに届いた添付書類を自分のスマホに転送することもできる。ペーパーレスの時代だ。データで管理するのが普通だろう。けれども琴美は地図は紙で見たほうが頭に入りやすい。小さなことではあるけれど、こうした昔ながらの方法を取れるのも、自分で全てを管理しているからこそだ。経理は外部の専門家に依頼しているとはいえ、面倒なことはそれなりに増えた。けれど、それを身軽さが上回る。

特集はソロキャンプ。巻頭記事と表紙の撮影のために都内から特急で二時間あまりのところにある山あいに行く。

「クリスマスは仕事、か」

小さくため息を漏《も》らす。

去年のクリスマスは依子《よりこ》の家で、ご馳走《ちそう》になったんだっけな。越したばかりのマンションで、得意の手料理を振る舞ってくれた。ケーキに載った小さなサンタの砂糖菓子をどちらが食べるかで、じゃんけんをした。

――結局、どっちが食べたんだっけ。

思い出そうと首を傾《かし》げたら、頰を涙が斜めに伝った。

会いたいよ。依子……。

涙を拭《ぬぐ》おうと手を頰に置いたときだ。持っていた地図がはらりと落ちた。一瞬見失ったかと、目をさまよわせると、用紙は琴美のふりむいた先に落ちていた。エントランス内に風が吹いているはずもないのに、なぜだかそよぐような気配を感じた。ふさふさした何かが横切ったようにも思えたのは、おそらく涙で視界が滲《にじ》んでいたせいだろう。

拾い上げた地図をあらためて開いて確認する。そこにはロッジの案内とともに、謳《うた》い文句が書かれていた。

〈クリスマスイブのお越しをお待ちしています〉

撮影は十二月二十五日だ。前夜からここに泊まることになっているようだ。業界用語では「前のり」というやつだ。日帰りできる内容だと思っていたけれど、早朝の移動に気を遣って雑誌社が手配してくれたのだろう。琴美は地図を折り畳んで、バッグにしまった。

佐々木単衣《ささきひとえ》の場合

「あなたの将来の夢は何ですか?」

小学校や中学校の授業、大学の寄せ書き、就職時の面接……。そうした節目《ふしめ》のみならず、折々《おりおり》の会話でもしばしば尋《たず》ねられる質問だ。社会人になってからは、それはあくまで会話の糸口であって、時候の挨拶とさして変わりないことぐらい分かっている。けれども単衣はその質問を受けるたびに、なんともいえない複雑な気分になる。

――誰もが夢を持たなければいけないのだろうか。現状に甘んじることなく、前へ前へと輝かしい未来へ進まなくてはいけないのか。

その強迫観念に身震いをする。

「店長、五時過ぎてますよ」

バイトスタッフの声に我にかえる。単衣が店長を務めているこのチェーンのコーヒーショップは平日は夜九時まで営業している。遅番の学生バイトもみな揃《そろ》っていて、既に各々《おのおの》の持ち場についている。客の入りもそこそこだ。店内をさっと見回して、単衣は頷《うなず》く。

「うん。あとはよろしく。お先です」

「おつかれさまです」の声を背中に受けながら、バックヤードに入った。

制服のシャツから、ニットのワンピースに着替え、ロッカーのバッグを手に取る。ポーチから出した携帯用のミラーを覗《のぞ》いて、簡単にメイクを整える。ポーチをバッグに仕舞《しま》う代わりに、手帳を取り出した。厚さ二センチほどのA五サイズの手帳には、透明のビニールカバーがかけられている。カバー越し、表紙のタータンチェック柄の真ん中に金文字で大きく書かれているのは、今年の西暦だ。

昨年末に駅ナカの雑貨店で見つけたこの手帳には、月日や曜日の入ったカレンダー形式のスケジュール以外に、巻末付録として、ToDoリストのページや夢や目標を書く欄があった。

また夢の強要か……、とため息を漏らしながらも、新しい年への期待が上回り、今年こそは何かやりとげよう、と意気込んでいた。〈今年やりたい百のこと〉とされたページを埋《う》めていくのは、わくわくした。

けれども、夏を前にしたあたりから、単衣はこのページを開くことすらなくなっていた。目標の百にはとうてい辿《たど》り着けないことがわかっていたからだ。なにを書いたのかすら曖昧《あいまい》だ。

今年もあとわずかだ。単衣はおそるおそる、巻末に指を差し込む。と、細く開いたページの隙間《すきま》から、一枚の紙がするりと落ちた。

「あれ、こんなの入れたっけ？」

インターネットサイトをプリントアウトしたものだろうか。かわいらしいロッジの写真とともに、地図がついていた。百の目標の中には、確か「ひとり旅をする」というのもあった。春先には、行ってみたい場所を検索したりもしていた。記憶が定かではないけれど、おそらくこのロッジはその中のひとつだったのだろう。何よりも、地図の下に書かれていた〈クリスマスイブのお越しをお待ちしています〉の文言に、心が浮き立った。

おしゃれなカフェやレストランならイブは書き入れ時だ。店長が休みを取るなど論外だ。けれどもビジネス客を相手にするチェーン店に、クリスマスの喧騒《けんそう》など関係ない。むしろ暇になるくらいだ。

年末に稼《かせ》ぎたい学生バイトに譲って、この時期に店長や社員が休みを取る店も多い。そのかわり、年始の初売りには、店長が率先して店を回す。単衣が勤めているこの店舗でも、この数年、そういったシフトを取っている。
一昨年のイブに一緒に過ごした相手とは、いまはもう疎遠《そえん》になっている。去年はカルチャースクールで一緒の語学仲間で集まった。今年は旅先でひとりでのんびり過ごしてみようか。百のうちせめて一つでも実現させたい。スマホでロッジの名前を入力する。宿泊予約の方法を調べていた単衣には、ふさふさしたものが走り去っていくのが見えてはいなかった。

國枝柚月《くにえだゆづき》の場合

結婚して三十年。あっという間だ。夫の碧《あお》との間に子どもはいない。ふたりの距離が離れてきたのはいつからだったろうか。柚月は仕事の手を休めて、ぼんやりと考える。

出会ったのは、染物《そめもの》作家の柚月が、まだ駆け出しの頃のことだった。作家仲間とはじめて開いたグループ展に碧が訪れてくれたのが最初だ。取引先との打ち合わせ帰り、通り掛かりに寄ってみたのだと会場を見て回り、柚月の作品にも興味を示してくれた。彼も自分の会社を立ち上げて間もない頃で、慌ただしいながらも充実した日々を送っていた時期だった。

尊敬できる人だから。

それが柚月が碧を結婚相手に選んだ理由だ。それはいまでも変わらない。会社を自分ひとりの力で大きくし、部下に頼られ、取引先からも信頼され、経営の手腕はもちろん、人間性もすばらしい。けれどもそうであればあるほど、自分のような妻がいる必要などないのではないか、と思えてくる。

それは碧にとっても同じことだろう。駆け出しの頃と違い、柚月はいまでは人気の染物作家だ。ネットの口コミを発端に、柚月の作るものは手にすることが難しいものになりつつある。現に、懇意《こんい》のギャラリーで年に数度開く個展では、開店前から行列ができるほどで、初日に作品のほとんどが売れてしまうことも珍しくはない。

本格的な染物なのに、着物や帯などに仕立てるのではなく、普段使いできる生活用品になっているせいか、若い世代にも好まれているようだ。特にティーポットに被せるティーコジーは柚月のアイコン的な作品に成長した。

夫婦お互いがそれぞれに成功をしている。自立した関係を羨《うらや》ましいと思う人もいるだろう。けれども、それぞれが大きく成長するにしたがい、共有できることが減ってきた。共通の言語を失っている、といえばわかりやすいだろうか。

きっとこんな話題を振っても、碧には理解されないだろう、愚痴《ぐち》が自慢に聞こえるかもしれない。言葉にする前に頭がセーブをする。自ずと夫婦に会話がなくなった。それがだんだんと息苦しくなってきた。

　もちろんいまも変わらず彼のことは尊敬はできる。けれどもそれは一緒に同じ道を生きていく相方ではないように思える。

「卒婚」。そんな言葉がよぎるようになった。六十を迎えれば、サラリーマンは定年だ。私たちの「夫婦生活」という名の「会社」も、ここで解散してもいいのではないか、と頭を掠《かす》めるようになった。お互い自立できるだけの蓄えもある。いまなら笑顔で別れられる。そんなことばかり考えてしまう。

　柚月は偶然手にしたロッジのチラシに目を落とす。

　常設してくれているショップに新作を送る手配をしていた時だ。

　冬物のポーチやコジーは、鮮やかであたたかみのある配色を心がけている。見ているだけでほっこりするような、ぬくもりを大事にしている。仕事場にくつろぎに近い空気が充満していた。

　一瞬、柚月はどこからか見知らぬ視線が注がれているように感じて、仕事場にしている四畳半の和室の入り口に目をやる。襖《ふすま》は開いているけれど、人の気配はない。畳んで積み上げた作品に目を戻すと、小さな重しが乗ったあとのようなわずかな凹《へこ》みができていた。

「なんだろうか？」

その凹みに手を置くと布地本来の質感とは別のぬくもりを感じた。手に吸い付くような感触に浸っていたかったが、宅配便の集荷時間が迫っている。柚月は検品を進めた。

てきぱきと数量と伝票を照らし合わせていると、足元に一枚の用紙が落ちているのに気づく。書類の間にでも間違って挟まれていたのか、と慌てて拾い上げたチラシには、控《ひか》えめな宣伝文が書かれていた。

〈クリスマスイブのお越しをお待ちしています〉

高柳《たかやなぎ》耕三郎《こうざぶろう》の場合

地下鉄駅の出口に向かう。列車内の暖房が強く、スーツの下に着込んだ機能性下着が暑苦しく、額に汗を浮かべていた。地上に出て吹く冷たい風が、心地よかった。

耕三郎は本社から送られてきた添付書類をスマホで改めてチェックしてから、脇道を入る。古いビルが立ち並ぶ路地を歩いていくと、元気のいい呼び込みの声があちこちから聞こえてきた。声を潜り抜けながら歩いていくと、見慣れた雑居ビルに辿り着いた。

「またここか」

諦《あきら》めに似たため息を漏らす。

耕三郎が担当している地区の中でも、このあたりは飲食店が特に数多く立ち並んでいる。大通りから一本入っているため、若干《じやっかん》のわかりにくさはあるけれど、かえってそれが面白いのか、雑多な雰囲気も相まって、そこここも若いビジネスマンで賑わっている。

気候がいい時期だと、店前にテーブルを出し、オープンエアの客席をこしらえる路面店もある。そんな工夫も、人気の一端だ。耕三郎も、環境が許す店の場合は、店主にそんなアイディアを提供することもある。

さすがにこの寒さでは、外に席を出す店は少ないが、この榊《さかき》ビルでも、つい数ヶ月前までは入居していたイタリアンレストランが、ポータブルなピザ釜を通路に出して、焼きたてピザを提供していた。

「お客さん入っていたのになあ」

店が定着しない物件、というのが稀《まれ》にある。立地なのか、建物の印象なのか、近隣との関係なのか、あるいはたまたまなのか理由はわからない。ただ、そうした物件ではどんな種類の飲食店が入っても、長く持たない。

榊ビルは、耕三郎が担当したこの三年だけでも、五軒の店が入っては辞めていった。博多《はかた》ラーメン店、讃岐《さぬき》うどん店、焼き肉店、テイクアウトのデリカテッセン、そしてイタリアンレストラン。閉店したレストランを居抜きのまま借り、今月からオープンしたのは、カフェを併設したベーカリーだ。次こそうまくいってほしい。けれどもこの雑多な界隈《かいわい》におしゃれなベーカリーは難しいのではないか、と危惧《きぐ》してしまうのが正直なところだ。

この間までイタリアの国旗がはためいていた店頭には、まるで酒屋のような大きなのれんがかかっている。はやりの和モダンな店構えは、カフェプロデューサーの助言によるものだろう。

「こんにちは」

頭を低くしながら紺色ののれんをくぐると、

「いらっしゃいませー」

潑剌《はつらつ》とした声が出迎えてくれる。店を運営するのは、まだ三十そこそこといった若い夫婦だ。

「新しいお店ですよね。素敵ですね」

内装はほとんどイタリアンレストラン当時のままだ。パンを並べるカウンターだけを新設したのだろう。そのカウンターだけが妙に居心地悪そうに感じるのは、色のトーンがいまいち合っていないからだ。

濃いグリーンで統一されていたレストランの内装の中で、カウンターの淡《あわ》いパープルはちぐはぐで、浮いてしまっている。きっと店主に好みの色でもヒヤリングしてプロデューサーが決めたのだろう。そうすればたとえプロデューサー任せだったとしても、店主自身も関わった気分になり、自分ごとに捉《とら》えられる、というセオリーはわからなくもないが、そもそも店の雰囲気を揃え、いい店に導くのが彼らの仕事ではないか。

形ばかりのオーダーメイドでは、借り物感は拭えない。店が続かない理由はそんなところにもあるのではないか、と非難したくなる。

しかし自分の範疇《はんちゅう》外のことにあれこれ言っても仕方ない。耕三郎の仕事は、自社のグルメサイトへの掲載を取りつけることだ。だから店が定着しようがしまいが関係ない。むしろ新店が増えれば、そのたびに新規の契約が取れるのだから、効率がいい。けれども、と思う。外部のカフェプロデューサーの言いなりで店を作っても、それは本来の意味での自分の店ではないのではないか。

もちろん、見た目はそれっぽい店ができる。ウェブサイトや宣伝も上手だろう。メニュー構成やSNSの活用にも抜かりない。店主は、店が完成したことだけで満足して、実際に運営していくのは、そこからが勝負だということにあまり気づいていない。そんなふうに思えてならない。

「最初の一ヶ月間は無料ですから、ぜひ試してみませんか？」

耕三郎は営業に入った。

ファイルの最終ページに〈クリスマスイブのお越しをお待ちしています〉と書かれた見知らぬ地図が入っていることに気づくのは、その店を出てからのことだ。もちろんふさふさした生き物が足元をすり抜けていったことなど知るはずもなかった。

イブの午後

潜入開始

やっとのことで建物の前まで来た。石造りの階段を二段のぼると、ステンドグラスの嵌《は》まった玄関ドアがあった。ドアの上には『聴雪館《ちょうせつかん》』と彫《ほ》られた木札が釘で打ち付けられている。このロッジの名前なのだろう、木札の朽《く》ちた様子に歴史を感じる。

「さて、問題はどうやって入るか、だな」

建物の窓は、水滴で覆《おお》われ室内の様子が見えない。俺はあたりをきょろきょろ見回すが、白い大地のほかは、雪が舞っているだけだ。しんと静まりかえって人が通る気配はない。

「宿泊客はまだ到着していないみたいだな」

虹子《にじこ》さんの情報によれば、今夜、ここに「会いたい人」に会える、とセレクトされた人たちがいっぺんに集うという。ドアに頭を近づけ、耳を澄《す》ます。俺たち猫の耳がすこぶるいいのはご存じのとおり、それがこの仕事に役立つのはほかでもない。

シャッ、シャッ、シャッ。

建物の中からこんな音が聞こえてきた。

シャッ、シャッ、シャッ。

なるほど。俺はふむ、と頷《うなず》く。室内を箒《ほうき》で掃除《そうじ》しているようだ。掃除機を使わずにいてくれるのはありがたい。あいつの出す音は、本当に苦手で、ミチルの家でも掃除機が出てくると、俺はたちまち、冷蔵庫の上にのぼって避難《ひなん》したもんだ。

「あら、ふー太、掃除機が怖いの？」

なんてママにはからかわれたけど、怖いわけじゃあない、ガーガーと五月蠅《うるさ》いんだ。決して怖いわけじゃあないんだ、そうだ、怖いはずがないに決まっているだろ。えへん。

誰も見ていないのに空威張《からいば》りしている場合じゃない。なぜならさっきまで黒っぽい石畳が見えていた階段にも、雪が積もってきているからだ。なんとかして入らないとどんどん雪の降りが強くなってしまう。

ドアの真ん中には金属製のノッカーがくっ付いている。持ち手には雪の結晶を象《かたど》った装飾が施されている。飛び上がってみるが、触れることは出来ても、動かせない。仕方なく俺は爪《つめ》を立て、木製のドアを引《ひ》っ掻《か》いてみる。カッ、カッ、と派手《はで》な音を立てているうちに、カチャリとドアが開いた。

「まだだよね」

ひとりの女性の顔が、にょきっと現れて、俺は度肝《どぎも》を抜かれる。もちろん怖がっているんじゃない。焦《あせ》っただけだ。

ミチルと同じくらいか、あるいは年下かもしれない。小ぶりな顔で丸い目がぱちぱちとまばたきした。ぶかっとしたデニムのパンツに、ふかふかのアイボリーのタートルニットが、あったかそうだ。外に誰もいないことを確認したその子が、そのままドアを閉めようとしたので、俺はこの機を逃すまじ、とドアの隙間《すきま》に機敏《きびん》に滑《すべ》り込んだ。

部屋の中はぽかぽかで、目の前では暖炉《だんろ》の薪《まき》が燃えていた。寒いところに長くいたせいですっかりからだが冷えてしまった。俺は自分の任務も忘れ、つつつ、と暖炉前に歩み寄る。こともあろうに、その場でごろんと横になってしまった。

「あらら！」

誰にも見つからずに忍び込むつもりが、すっかり気が緩んでいたことに気づいても、時すでに遅し。ふかふかニットの女の子が、物珍しそうに俺を見下ろしていた。

「まあ」

驚いているのか、呆れているのか、わかりかねる短い呟《つぶや》きのあと、

「仕方ないか。この天気だし」

ふうっと息を吐きながら、お客さんの中に猫アレルギーの人がいないといいんだ

けど、とひとりごちながら、そっと俺の頭を撫《な》でてくれる。話が早いじゃねえか、なかなかいいやつだ。お礼にゴロゴロと喉を鳴らしてやると、

「かわいそうに。おなか空いているのね」

と勘違いされて、ミルクを置いてくれた。まるでねだったみたいだけど、これはありがたくいただくとしよう。ぺちゃぺちゃとミルクを舐めながらも、俺は部屋の中を観察する。

玄関のドアを入ってすぐのこの空間は、天井の高い大きな広間だ。仕切りのない大広間の左手側には革のソファと背の低い机が置かれている。ソファには動物柄《がら》のブランケットや、刺繡《ししゅう》の入ったクッションがたくさん載っかっていて、なんとも寝心地がよさそうだ。いや、居心地がよさそう、の間違いだった。

一方、玄関から見て右側には大きな木のテーブルに数脚の椅子が並べられているから、宿泊客はここで食事を取ったりするのだろう。

壁沿いにはぐるりと低い本棚が配置されていて、薄い本から厚い本までさまざまな本が並んでいる。きっと宿泊客が自由に手に取って読んでもいいのだろう。もしかしたら、以前泊まった客が持ってきて読み終えた本が、そのまま置いておかれたりもしているのかもしれない。寄贈、っていうんだっけな、と俺はこれまでに学んだ知識をふんだんに頭に巡《めぐ》らせながら、観察を続ける。

暖炉の横には人間の大人の背丈ほどもあるドラセナの鉢《はち》が置かれ、その向こうが厨房だ。からだの鈍《なま》りを防ぐべく、ごろりと横になって弓なりに全身を伸ばす。頭を上に向けると、厨房の中まで覗くことができた。業務用のステンレスの機器が並んでいるのに、どこか長閑《のどか》さを感じるのは、使い込んだ道具や、シンクまわりの白いタイルに描かれたコバルトブルーの小花の染め付けなんかのおかげだ。

さっきの女の子は俺のことなど気にもせず、掃除の続きをしている。まだ学生だとしたら冬休みを使って、この館でアルバイトでもしているのだろう。メイドとかいうのかもしれない。客の到着はまだとしても、館の主《あるじ》はどこにいるのだろうか。奥にスタッフルームがあるのだろう、とようやくからだがあったまった俺は、大広間を出て、建物内部の徘徊《はいかい》に向かうとする。その前にちらりと暖炉を見やると、マントルピースの上には、陶器製の小さな人形が五つ並んでいて、壁面にはガラスだけが嵌まったからっぽの額《がく》がかけられていた。

大広間の先は、浴場とトイレが並ぶ中廊下に繋がる。出てすぐのところに置かれた棚には、未だ現役らしき煤《すす》けた電話機に並んで、骨董品《こっとうひん》のようなタイプライターが飾られているのもなかなか風情がある。タイプの横にはご丁寧にも「ご自由にどうぞ」と手書きの札が置かれているけれど、さすがにいまどきこんな古めかしい道具を使う人がいるとも思えない。

「二階はどうなっているんだろう」

黒光りした階段は一段のぼるごとに、みしみしと音を立てた。俺は廊下を何往復かして、二階の構造を把握《はあく》する。

廊下を挟んで右に三つ、左に三つ、合わせて六つのドアがある。木製のドア全体に蔦《つた》模様の飾りが彫られていて、とても重厚だ。ドアの真ん中よりも少し上あたりに、真鍮《しんちゅう》製の札が貼られていて、部屋の名前が明記されている。

右の手前から奥に、【霙】、【雪】、【時雨】、左側は【霰】、【霜】。左の一番奥は【聴雪の間】となっている。読めない漢字もあったけれど、要するに冬の天候にちなんだ名前なんだということはなんとなくわかった。

このうちのどれかがこの館の主の部屋なのだろうけれど、いくら耳を澄ませても、自慢のヒゲをピンと張っても人の気配がしてこない。

「主もどっかに出かけているのかな」

鼻をひくつかせて、廊下の奥までもう一度歩いていくと、【聴雪の間】と札のついた部屋のドアから微《かす》かにあかりが漏《も》れているのに気づいた。わずかに開いていたドアの隙間にそっと前肢を入れ、俺は体をねじ込む。掃除の済んだ部屋では、床が磨《みが》き立ての輝きを放っていた。顔を上げた俺は、思わず見開いた目を瞬《しばた》かせる。

そのまましばらく身動きがとれずにいた。

「わあ」

正面と右側に配置された大きな窓の向こうに、真っ白な雪景色が広がっていた。天井から床まである大きな窓に囲まれ、まるで大地の真ん中に立って、しんしんと降る雪の音を聴いているかのようだ。夢の中にいるような体験に心が躍《おど》る。

――いつかミチルを連れてきてやりたいなあ。

この仕事が終わった報酬に、そんな願いを叶えてもらうのもいいな。

そんなことを考えながら、俺はしばらくその空間に浸《ひた》っていた。

宿泊客の到着

「いやあ、こんな降りになるなんて思ってもみませんでしたよ」

ひょろりと背の高い男性が、頭に降り積もった雪を落としながら、『聴雪館』のドアを開ける。話し好きで、人当たりのよさそうなタイプだ。

「ご自分で運転されてきたんですか？」

料金を払い終え、タクシーの助手席から出てきた中年女性が、駐車場の車に目をやり、声をかける。個性的なニットキャップを被り、独特な雰囲気を持ち合わせている。

「ええ。雪道は慣れているつもりだったんですけれど、こんなに強くなると見通しが悪くて」

　自家用車の男性が初対面とも思えないような気さくさで答える。女性から一歩後れ、タクシーの後部座席から女性と同世代の男性が顔を覗《のぞ》かす。そのまま天を仰《あお》いで、

「こりゃホワイトクリスマスだな」

と笑った。腕に嵌《は》めた高級時計や堂々とした振る舞いから、こちらはなかなかやり手のビジネスマンと見受けられる。

　タクシー運転手が雪を避《さ》けるように頭を低くし、素早くトランクから荷物を出す。乗客だった中年の男女、おそらく夫婦であろう彼らは、各々《おのおの》の荷物を手にし、足早にエントランスに向かった。

「いらっしゃいませ」

　すっかり掃除を終えたメイドの女の子が笑顔で出迎えると、先に到着していたふたりの女性客も玄関先に出て、にこやかに会釈《えしゃく》した。

「おや、おふたりはどうやっていらしたんですか?」

　背の高い男性が挨拶もそこそこにダウンジャケットを脱ぐと、暖炉の前に歩み寄り、手をかざす。続いて夫婦が白い息を吐きながら館に入ってきた。

「私たちはたまたま同じ電車だったようで」

ねえ、と、先に到着していたふたりが顔を見合わせる。顔立ちがくっきりし、栗色の髪の毛を緩くウェーブさせた女性が、彼女よりひとまわりくらい若いもう一人の女性に落ち着いた声で話しかける。

「ええ、駅前で地図を広げていたら声をかけてくださって、ご一緒させていただいたんです」

若いほうの女性はおとなしそうだけれど、キリッとした目元を見ると、芯は強そうだ。こちらは真っ直ぐの黒髪をひとつに結《ゆわ》えている。

ふたりがソファに戻ると、立ったまま自家用車のキーを弄《もてあそ》んでいた男性が、唐突にあの、と口を挟んだ。

「大変失礼ですけれど。女優の芦原琴美《あしはらことみ》さんですよね」

「ああ、ええ」

彫《ほ》りの深い顔を俯《うつむ》かせながら返事をする女性に、一同があっと声をあげた。同乗してきた黒髪の女性はさすがに気づいていたのか、ちらっと彼女の横顔を見ただけで、膝頭《ひざがしら》に目を戻した。

「まあ自己紹介は追々《おいおい》していただくとして、まずはみなさん、こちらに座ってコーヒーでもいかがですか」

メイドがきびきびと動きながらソファ席を勧めると、

「チェックインがまだでしたね。つい興奮してしまって。落ち着いてから仕切り直ししましょう」

と、男性が持っていたキーで頭を掻きながら、腰を下ろした。書類が宿泊客に配られている最中に、夫婦の妻が、

「あら、猫ちゃんがいるのね」

客の出入りをくまなく観察していた俺に目をとめた。耳をそば立てて外の様子や会話を窺《うかが》っていたけれど、もしかしたら客からは単に部屋の片隅で丸まっていただけに見えたのかもしれない。だとしたら心外だが、ここはおとなしくしておく。なぜなら、

「迷子になったのかさっき入り込んできちゃって。でもこの天候で外に出すのも忍びなくて……」

書類を数えていたメイドが気の毒そうな声を出したからだ。やがてメイドは眉《まゆ》を寄せ、両手を合わせた。

「猫アレルギーの方がいらしたら、もちろん隔離しますから」

俺は心の中で、くれぐれも猫嫌いがいないでくれ、と願わずにはいられない。そんな想いが伝わったのか、一同は揃《そろ》えたように首を横に振った。

「うちも飼いたかったんですけど、マンションがペット禁止なのが残念で」

うんですよね」

「田舎《いなか》の実家には五匹いますよ。暮らしやすい家なのか、野良《のら》ちゃんが居着いちゃ

と夫婦で頷くし、

すらりとした男性は、久しぶりに猫に触れるなと嬉しそうに俺に近寄る。なんていい連中なんだ。思わず丸めていたからだが弛緩《しかん》してしまった。ゴロゴロと喉が鳴るのが止まらなくて困るくらいだ。しかも、

「そういえば、実家に帰ったときのお土産《みやげ》にしようと猫缶があったはずだけどな」

と言って、テーブルに置いていた車のキーを手にしたかと思うと、ドアの向こうに消えた。戻ってくると、玄関先で雪を払いながら、

「あとでこれ、この子にあげてくれる？」

と缶詰をメイドに手渡した。

俺はにやけ顔がバレてしまわないよう、わざといけずなふりをしてみせる。

——いいなあ。

あったかくて幸せなこの場所にずっといたいけれど、生憎《あいにく》俺はそうそう長居もしてられない。てきぱきと仕事を終わらせて帰らないと、虹子さんに「いつまで油売ってるの」と怒られちまうからな。

「雪、かなりひどくなってますね」

心配そうに言い出したのは、黒髪の女性だ。長身の男性が出入りしていた玄関先を気にする。

「予報では粉雪がちらつく程度って言われていたんですけど」

メイドの女の子が顔を顰《しか》めるけれど、

「外は吹雪《ふぶき》で中はあったかいなんて、この上ない幸せじゃないですか」

と、夫婦の妻がにっこりした。彼女の笑顔がそうさせたのか、そこにいた全員がホッと肩の力を抜いた。もちろん俺もその意見にはすこぶる賛成で、ぶるんと大きく尻尾《しっぽ》を振った。

大広間ではこのあと自己紹介が始まる様子だ。

では簡単にここで俺のことも紹介しておくとするか。もちろん館にいる連中には聞こえないだろうけど、そこは気にせず話を進める。

俺は茶色と白色のしましま模様の猫だ。茶トラって言えばわかるかな。青の国で、伝言猫の仕事をしている、ってのは説明したよな。

会いたい人に会わせるのが伝言猫の任務だけど、具体的な「会わせかた」はこんな風だ。〈会いたい人は誰ですか？　アンケート〉に書かれた内容に沿って俺たちの仕事は進められる。まずは「会いたい」と書かれた相手を探すことから始まる。

「会いたい」と願っている人、つまりアンケートハガキを書いた本人に伝えたい言葉を聞き出すためだ。聞き出した言葉の魂は俺の尻尾に蓄えられる。最後は魂を込めた尻尾を、適任の「伝言役」の体に触れさせる。そうすることで魂が乗り移るんだが、ここは熟練の技を強《し》いられる重要な場面だ。正直なところ、俺にもこれまであやうく失敗しそうになった経験が何度かある。もちろんそういった試練を掻い潜《くぐ》ってこそのベテランなんだけどな。

無事に伝言役に魂が乗り移ればしめたもん。伝言役が言葉を伝えてくれる、ってわけ。

つまり簡単に言えば、実際に人と人を会わせるのではなく、会いたい相手からの想いを伝えてやるんだ。

虹子さんはよくこんなことを言う。

「ふー太、想像力を働かせるのよ。この仕事は想像力が大事なの」

そう。依頼主がどんな言葉を欲しているのか、どう伝えれば届くのか、想像力を駆使《くし》して遂行していくのだ。

まあくわしい話、というか俺の素晴らしい仕事っぷりは例によって「前の本に書いてあるわよ」ってなもんだから、そっちを読んでくれるといい。おっと、ついうっかり、また宣伝になっちまった。

ちなみに会いたい相手の魂を受け取るためには、青の国だけでなくって緑の国でもあちこち行ったり来たりしないといけない。そうした往来を手伝う仕事も青の国にはあるらしいが、俺はそのあたりの仕組みまではよくわからない。

最初に門番のサビに通行証を渡せば、いつの間にか目的地に来ているし、来た道を方角通りに戻りさえすれば、ちゃんとカフェ・ポンの前に辿《たど》り着いているんだ。なんとも不思議だけど、こればっかりは他人様《ひとさま》の仕事なんで深入りはやめておく。

何度も言ってすまないが、俺は伝言猫の修行を重ね、いまやもうベテランの域だ。今回のような仕事は造作《ぞうさ》ない。ささっと調査し、会いたい人を探し出し、伝えたい言葉を引き出したらあとは伝えるだけ。しかも伝えるべき相手はこの場に揃っている、と来たもんだ。

この程度の依頼はお茶の子さいさい、朝飯前ってやつだ。あまりに簡単すぎて、文字通り朝飯も食わずにここを去るだなんてもったいないくらいだ、と、まあその時はそう暢気《のんき》に構えていたことを付記しておこう。

自己紹介

「ええと、じゃあまずは言い出しっぺの俺からはじめますかね」

猫缶さん、もとい背の高い男性が口火《くちび》を切った。清潔感溢《あふ》れるブルーのシャツが似合う、爽《さわ》やかな男性だ。

コーヒーの香りが広間に満ちている。暖炉の火も煌々《こうこう》と燃え、外はすっかり暗闇の中にある。

「高柳《たかやなぎ》耕三郎《こうざぶろう》です。仕事はグルメサイトの営業をやっています」

サイト名を口にすると、

「そこ、しょっちゅう見ています」

夫婦で来ていたうちの夫のほうが即座に反応した。接待や同僚との食事場所を決めるときにいつも参考にしている、と前のめりになる。

「それじゃあ、美味《おい》しいお店とか詳しいんじゃないですか?」

黒髪の女性が控《ひか》えめに尋《たず》ねると、

「それがそうでもなくて」と耕三郎がこめかみを掻く。耕三郎は新しく開店した店への営業が主《おも》な仕事だという。契約を取りつけるまでが仕事だから、その店がその後どういう運営をしているか、までは追いきれていないのだと説明する。

「もちろんいくつかの店は開店後も気になって、お客として訪れたりもするんですけれどね」

息をつく。あの店だって、そのうちのひとつだった。耕三郎は後悔とともにかつて懇意《こんい》にしていた店のことを思い出す。よぎった考えを振るい落としてから、

「新規開店店舗の営業資料を出力しているときに、間違って別のページもプリントアウトしちゃったみたいなんです。実はそれがこの館のページでして。〈クリスマスイブのお越しをお待ちしています〉の言葉に惹《ひ》かれて、思わず予約しちゃっていまここにいます」

どうだ、と言わんばかりに胸を張った。一同が笑いに包まれたあと、

「それじゃあ、次はあなた」

と自分の左側に顔を向けた。

「私？」と人差し指を鼻に近づけた女性がはにかんで、

「佐々木《ささき》単衣《ひとえ》です」

小声で名乗ってぺこりと結えた黒髪を揺らして頭を下げる。そのまま無言でいると、「え、それだけ？」と当然ながら突っ込みが入る。単衣がしぶしぶと、自分の身の上を話しはじめた。チェーン店の名前を伝え、

「コーヒーショップで働いています。長いこと勤めているので一応店長なんですけれど、やることはマニュアル通りですので、こんな美味しいコーヒーはとても淹《い》れられません」

宿泊客に混ざって楽しそうに聞いているメイドの女の子を見やる。

「とんでもない。私のコーヒーも見よう見まねです」

彼女が肩を竦《すく》めるのを見ながら、単衣は肩身が狭くなる思いでいた。謙遜《けんそん》ではない。とても胸を張って言えるものではない。それなりに年も重ねてきたのに、ちっとも地に足がついてない自分を恥ずかしく思う。

「ネット環境がいいんで、営業ついでによく使ってますよ、そのチェーン」

耕三郎が口を挟む。

「で、今日は?」

夫婦のうちの妻が先を促すと、

「今年中にひとり旅をしてみたいな、って思っていて、本当たまたまなんです。どうやらいつか行きたい宿と思ってピックアップしていたみたいなんですけど、自分でも覚えていないくらいで。でも私も〈クリスマスイブのお越しをお待ちしていますす〉にやられちゃいました。じゃあ、次」

さっさと終わらせたいのか、向かいに座っていた夫婦を指名した。

「國枝碧《くにえだあお》です。こっちは妻の柚月《ゆづき》。僕は会社を経営していて、彼女は自営」

夫が先に口を開くと、

「仕事の事務作業をしているときに、ここの案内が紛れ込んでいるのに気づいたの。〈クリスマスイブのお越しをお待ちしています〉なんて文句に抗《あらが》える人なんていませんよね」

妻が続けて穏《おだ》やかな笑みを見せた。けれども心の中は曇《くも》っていた。表面上にいい顔、いい関係を見せていることが柚月にとっては後ろめたくもあった。

「イブにご夫婦でご旅行なんて、仲がいいんですね」

羨《うらや》ましい、と琴美が目を細めると、照れ隠しなのか、ふたりは目も合わさずに俯いた。

「じゃあ、紹介するまでもありませんけれど、いちおう琴美さんもぜひひとこと」

と続きを譲った。

「芦原琴美です。実は明日からこの近くで仕事があるので、一泊先に」

「タレントさんなのに、おひとりで行動されるんですね」

同じ電車に乗っていたという単衣が驚いて尋《たず》ねる。

「以前は事務所に所属していたのでマネージャーもいたんですけれど、いまはひとりでやっているんです。スタッフとは現地集合でこの館で待ち合わせなんです。宿泊する人もいるんだと思っていたんですけど」

そう言ってから、「でも遅いわね」と玄関を振り返った。

メイドが、え？　と首を傾《かし》げ、「予約入っていたかなあ」と席を立った。

「お忙しそうですね」

琴美の予定を聞いて頷いていた耕三郎が、

「でも、大変でしたね。寂しいんじゃないんですか？」

さりげなく声をかけた。ほかの客もじっと目を落としている。今年、不慮の事故で亡くなった女優の甲斐依子《かいよりこ》が、琴美ととても親しかったことは、有名だ。業界内に友人の少なかった依子が唯一心を許せる相手だった、とネットの記事でも書かれていた。不慮の事故は、もしかしたら本人の極端な選択だったのではないか、と噂されてもいた。

琴美は自らが責められているような居心地の悪さを感じる。きっとみんなそう思っているのではないか、と被害妄想すら抱く。そんな日々が終わりを告げることはない。

「では最後に私ですね」

しんみりした空気をすくい上げるような朗《ほが》らかな声は、大広間のソファから少し離れた場所に立っていたメイドからだった。

「こんにちは。いえ、もうこんばんは、ですね。みなさま今日はようこそ『聴雪館』へ。私はこの館の主の最上風花《もがみふうか》です」

俺はあまりの驚きで、きゅーと変な声が出てしまって、客に笑われてしまった。

「猫ちゃん、どうしたのかな？」と風花も笑いながら続ける。二十六歳だと自己紹介され、思ったよりも年上だったことにも驚いたけれど、まさかミチルとそんなに変わらないくらいの女の子が、館の主だとは思わなかった。

「もともとはこの館は祖母が管理していて、私も繁忙期なんかは手伝ってはいたんです。昨年祖母が亡くなったのを機に、閉鎖しようって話になっていたのですけれど」

「それを阻止《そし》したのね」

柚月が感心したように言葉を挟むと、風花がこくりと頷く。

「ですので……」

何か言おうとしたのか、いったん口をつぐむ。それからゆっくりと、

「今夜はどうぞおくつろぎください」

深々を頭を下げた。

この館の主としてははじめて迎えるクリスマスだ。果たして滞《とどこお》りなく無事に成し遂《と》げられるだろうか、風花は祈るような気持ちで両手の拳をぎゅっと握《にぎ》り締めた。

部屋割りの決定

「ご宿泊のお部屋は二階になりますが、どのお部屋の造《つく》りも同じです。全てツインルームですので、おふたりで泊まられる國枝さまご夫妻も特に指定はございません」

ただ、と風花が挙手をする。もし琴美の仕事関係者があとから到着したら、部屋を譲るので、と前置きしてから、

「普段は山を下りたところにある自宅に帰るんですけれど、今夜は私もこちらに宿泊しようかと思っています。申し訳ないのですけれど、片付けや準備で出入りするので、階段近くの部屋にお願いできますか?」

風花の希望に沿って【霙《みぞれ》】の部屋が決まる。

「他のお部屋については自由に決めていただいて大丈夫です」と風花が丁寧な口調で続けると、

「では、こちらで決めてしまっていいんですね」

耕三郎が念を押す。

彼の音頭《おんど》で、宿泊客の部屋割りが決まっていく。一番奥の部屋は雪を見るための部屋なのだと風花が言う。【聴雪の間】と呼んでいて、静けさが自慢なのだとの説明に、

「では、静かで落ち着いた部屋でしょうから、【聴雪の間】の向かい、いちばん奥の部屋は琴美さんでいかがでしょう」

全員が賛同し、【時雨《しぐれ》】の部屋が決まる。

「僕も仕事の下調べで遅くまで起きている可能性があるので、手前の【霰《あられ》】の部屋

にさせてもらい、お隣の【霜《しも》】が國枝さんご夫妻、琴美さんの隣の【雪《ゆき》】は単衣さんで決まりですね」

風花から鍵が渡されると、三々五々《さんさんごご》荷物を手に階段をのぼっていく。

俺もそれとなく付いていき、廊下の奥まで進む。琴美が鍵を開けると、すかさず中に入る。潜入のつもりが、

「どうぞ」

と、にっこり微笑《ほほえ》まれてしまい、立場がないが、そこはお言葉に甘え、ずいと部屋の中ほどまで歩みを進めた。

こぢんまりした客室には、飴色《あめいろ》になった木製のベッドが二台と、書き物をするデスクが設置されている。洗い立てのシーツにふかふかの枕、ヘリンボーン柄の毛布はぬくぬくとあたたかそうだ。壁と天井は白く、ボタニカル模様の壁紙が、チロリアンテープのように、ベッドヘッドのあたりを走っている。

この館のどこでも艶やかな輝きを見せる床には、赤や青が織《お》り込まれたラグが敷《し》かれている。キリムだ、なんてことがすらすら言えるのはミチルの両親がインテリアに拘っていたおかげだ。

日暮れが早く、外はもう暗くなっているけれど、オレンジ色の灯《あか》りがベッドサイドを柔《やわ》らかく照らしていた。窓際に近寄ると、なにやらあたたかい空気を感じる。

どうやら壁際に設置されている白い金属製のパイプが暖房機能を持っているようだ。オイルヒーターとか呼ばれているあれだと思う。

さっき覗いた【聴雪の間】とは違い、正面に小さな格子窓《こうし》がひとつあるきりだ。窓枠の上から半分くらいの高さまで、綿レースのカーテンが吊り下がっている。

俺の横に琴美が立ってレースの下から外の様子を眺《なが》めた。

「なんだか大吹雪になったわね。大丈夫かしら」

彼女はスタッフのことを考えて、ため息を漏らしたのだろうけれど、俺は、別の理由で大きなため息を漏らす。

——やっちまったなあ。

腰のあたりがどうにも重い。

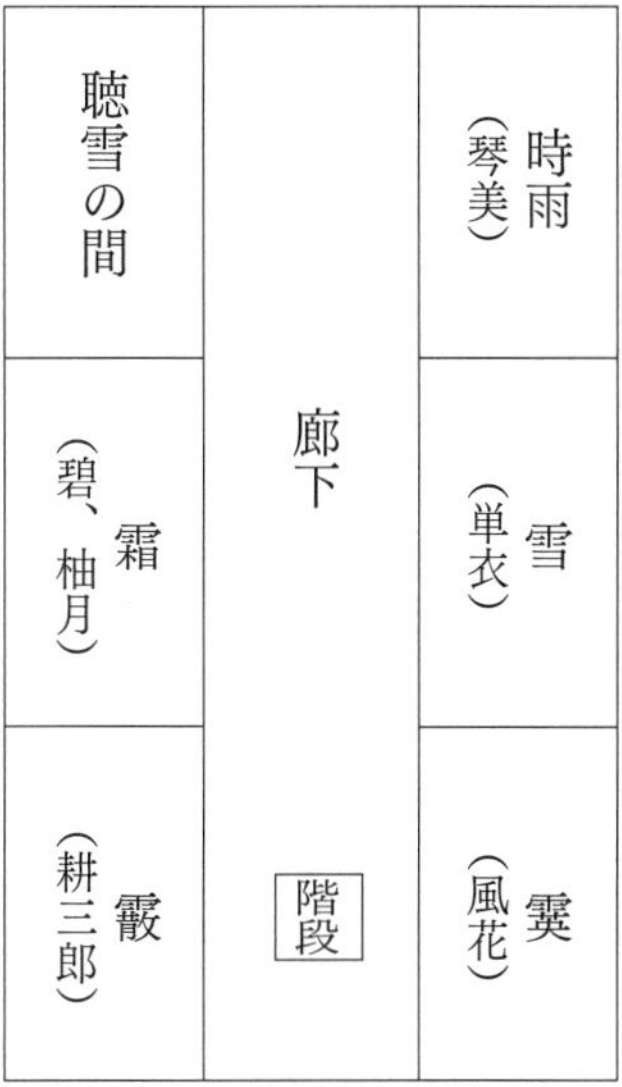

部屋割り

ふー太のしくじり

俺はふたたび大広間に戻り、いましがた得た情報を整理していく。虹子さんから聞いているのは、この館にいる五人に会いたい人からの言葉を伝えるのが今回の任務だということだけだ。

けれども、と俺はちらりと瞼《まぶた》をあげる。荷物を置いた宿泊客の何人かはすでに部屋から戻ってきていた。いまだ到着していない琴美の仕事仲間のことはひとまず勘定に入れないとしても、宿泊客と館の主、今夜の総勢は六名だ。

伝言猫の仕事は、虹子さんが運営しているカフェ・ポンのポストに入れられた〈あなたの会いたい人は誰ですか？　アンケート〉に従って執り行われる。事前に伝言猫に手渡されているアンケートハガキには、表面に依頼者自らの名前、裏面に会いたい相手の名前が明記されている。だから俺は誰が誰に会いたいかを知っている……はずなのだ。

はず……なのだが。

俺はほんの少し前に重大なしくじりに気づいてしまっていた。事もあろうに、肝心のアンケート用紙を、濡らしてしまっていたのだ。いや、だってよ、あの雪ってやつ、ふわふわした綿毛みたいなの。まさかあれが水になっちゃうなんて、思わなかったんだよ。さっきのあれだ、この館に辿り着く前だよな。あまりに楽しくて、雪の小山に飛び込んでごろんとした、あの時だ。アンケート用紙が濡れて、書いてあった文字が水に流れ消えてしまったんだ。ああ、なんてことを……。

俺はおそるおそる前肢で水色の郵便バッグみたいなポーチを探る。ポーチはじっとりと湿《しめ》り気を帯び、中の用紙はしわくちゃになっている。

頭を抱えていても仕方ない。ここは素直にいったん戻って虹子さんに事情を話すしかないか。けれども、もうちょっとだけここにいてもいいよな。どのみち怒られるんなら、嫌なことは後回しにしたほうがいいに決まっているからな。断然。

思えば、あのときすぐに戻っていればよかったのだ。館のぬくぬくの誘惑に負けた自分を恨めしく思っても、後の祭りだ。

イブの夜

孤立

「あれ、やっぱり繋がらないな」

大広間のソファで、耕三郎《こうざぶろう》がスマホを再起動させていた。

「ネットですか？　書いてありましたよ。通信環境が悪いって」

単衣《ひとえ》が、プリントアウトされた用紙を取り出して、耕三郎に見せる。ほらここに、と単衣が赤字で書かれていた注意書きに指を添えると、

「ひえー、ちゃんと見てなかったー」

と耕三郎はのけぞる。

「すみません、わかりづらかったですかあ。インターネットの回線もひいてないんですよね」

と、厨房から湯の沸《わ》く音とともに風花《ふうか》の暢気《のんき》な声が届く。

「たまにはネットから離れるのもいいんじゃないですか？　せっかくのイブなんですし」

柚月《ゆづき》がなだめる。それを聞いていた碧《あお》が、そそくさと自分の胸ポケットに手をやる。

「そんなこともあるかと思って。僕の使っているキャリアは電波の届きづらいとこ

ろでも威力を発揮するんですよ」

と、得意げに自分のスマホに目を落とした碧が、おかしいな、と首を傾《かし》げた。

「どうされました？」

部屋に荷物を置いて戻ってきた琴美《ことみ》は、カジュアルなシャツワンピースに着替え、その上にゆったりしたカーディガンを羽織《はお》っている。

「ネットが繋がらないらしいんです。碧さんのキャリアのでも」

と言った単衣が、はたと顔を上げる。

「あ、そういえばさっきタクシーで」

「ええ、運転手さんが言ってましたね。このあたり一帯が通信障害になったって」

琴美が単衣の言葉を受ける。

「そうなの？　参ったなあ。これじゃあ仕事が滞《とどこお》っちゃうよ。スタッフにでも連絡が取れればいいんだけど」

碧が顔を顰《しか》め、落ち着きなく体を揺らした。

手を拭《ぬぐ》いながら厨房から出てきた風花が申し訳ない、と頭をさげ、

「私はもともとここに来るときはスマホは持ってこないんです。こちらの電話があるので。よかったらお使いください」

と広間を出てすぐ、廊下の端に置かれた昔ながらの電話機の受話器を取る。張り

切って耳にあてた風花が、顔を曇《くも》らせた。受話器を戻し、改めて耳にあて、頭を左右に振った。

「ごめんなさい。こちらもダメみたいです」

「ダメって？」

耕三郎が席を立って電話機に駆《か》け寄る。受話器を取って、目線を下げる。

「電話線が切れているみたいですね。繋がりません」

おそらく急な寒波と予想外の雪の重さで、電話線に負荷《ふか》がかかったのではないか、と耕三郎が分析する。

「それにちょっと気になっていることが……」

風花が詫《わ》びながら、顔を赤らめる。

「実は夕飯はレストランのシェフに来てもらうようになっているんです。出張料理人です。本来なら五時には到着しているはずなんですが」

おずおずと時計に目をやる。針はまもなく七時を指そうとしている。

「いくらなんでも遅すぎます。きっと遅れる連絡かキャンセルの連絡をしてくれているはずなんですが、電話がこのありさまだったのなら……」

「そうですよね。私の仕事のスタッフも誰も着いてないし。山道は通行止めなのかもしれないわ」

琴美が神妙に頷《うなず》いて、窓の外に目をやった。

――なるほど。

俺はここにきてようやく事の重大さに気づいた。

閉ざされた雪の山荘

俺を十九歳になるまで飼ってくれていたミチルは、大のミステリファンだった。自室の書棚にはいろんなジャンルのミステリ小説が並んでいた。コージー・ミステリや安楽椅子探偵、叙述《じょじゅつ》トリック……。中には猫が探偵役、なんていう素敵なシリーズだってあったんだ。

だから俺はちょいとミステリには五月蠅《うるさ》い。つまり、だ。この状況はまさにいわゆる、あれ。「クローズド・サークル」もの。その中でもひときわメジャーな舞台設定の「閉ざされた雪の山荘」ってやつだ。

小説のパターンに則《のっと》ればこういうことだ。

外部との接触が遮断《しゃだん》された中、平穏な空気を破って、第一の殺人が起こる。そして第二の殺人へと続く。残されたものたちは、疑心暗鬼になって、犯人捜《さが》しをしていく。

そうそう。それに加えて見立て殺人っていう意匠《いしょう》が含まれることもある。たとえば詩や人形なんかになぞらえて、殺人が行われていく。

そこまで考え、俺はぞくっとする。

天候が荒れると往来に手間取る……。サビの忠告がいまになって頭によみがえってくる。

――急がなきゃ。

俺は耕三郎が車に仕事道具を取りに行くのに付いて外に出る。途端に強い風に吹かれ、雪の粒が全身を覆った。まともに目を開けることも出来ない。無理だ、そう思った時、

「猫ちゃん、こんな所にいたら凍えちゃうだろ」

資料とともに耕三郎が俺を抱え上げた。なんとか避難できた、とポカポカの室内にホッとしながらも、俺は重大な結論に行き着く。

――これじゃあ、行ったり来たりができないじゃないか。

伝言猫の仕事をやり遂げるためには、会いたい人に言葉を貰いにいったり、調査に出向いたりする必要がある。要はあちこち行ったり来たりする。けれどもこの雪じゃあ、とても目的地など探せない。もちろん目的地に導いてくれるのは、青の国の誰かなのだけれど、この吹雪《ふぶき》ではそいつらに会える気がとうていしない。

「八方塞《ふさ》がりだ」

猫は小さな隙間《すきま》さえあれば、どこにだって行ける。八方塞がりなんてあり得ない。けれど、いまの俺はまさにそれ。絶体絶命のピンチだ。

いまごろ、ほかの伝言猫たちは虹子《にじこ》さんに美味《おい》しいおやつなんて貰って、ぬくぬく過ごしているのだろうか。魔女猫のナツキは、俺のピンチなんて知らずに悠々《ゆうゆう》と空を飛んでいるに違いない。そう思うと、自分だけが惨《みじ》めな猫になった気分になる。

「いや、そんなことないぞ」

虹子さんの口癖《くちぐせ》が俺の耳に届く。

「ふー太、想像力を働かせるのよ」

そうだ、俺は立派なベテラン伝言猫だ。どんなピンチでもなんとかやり遂《と》げてみせるんだ。ふうーと息を吐いたつもりが、大きなあくびになっていて、慌てて噛《か》み殺した。

たいてい第一の殺人が起こるのは夕飯後だ。注意深く見ておかないとならないぞ、俺は気を引き締めながら、悠々と大広間を徘徊《はいかい》した。

夕餉《ゆうげ》

「そんな事情で大変申し訳ないのですが、レストランのディナーのご用意ができなくなってしまいました」

風花のしょげた顔に、宿泊客から不満の声が漏《も》れる。やがて諍《いさか》いがはじまり、事件へ……というおおかたの筋書きとは違い、

「お天気のせいですもん、仕方ないですよ」

柚月が励《はげ》まし、

「高柳《たかやなぎ》さんの車には、猫用じゃなくって人間用の缶詰はないのかしら？」

と琴美が冗談を言う。

予想に反して、かなり和《なご》やかな雰囲気だ。さっきまで仕事の連絡が滞ると焦《あせ》っていた碧も、もうネットも電話も繋がらないことで諦《あきら》めがついたのか、すっかりくつろいでいる。

「あの、よろしければ私、なにか作りましょうか？」

おずおずと単衣が申し出た。

「わあ、頼もしいです。店長」

風花のしょんぼり顔が瞬《また》く間に笑顔に変わる。

「食材はあらかた届いているんですよ。お野菜だとか卵だとか」

メインの肉や魚以外は事前に用意されているのだと、いそいそと単衣を厨房に案内する。

「ストックの缶詰もあります。アンチョビやオイルサーディンとかですけど」

食材やストックルームの扉を開く音がしばらく続いたあと、

「生クリームってありますか？」

単衣が風花に尋《たず》ねる。さっきよりも明るく堂々とした態度なのは、代理料理人を任された使命感からだろうか。

「ありますよ。牛乳と生クリームは、コーヒーに入れるために常備していますから。それにコーヒーだけはたんまりあるんですよね」

自慢げな風花の声が厨房に響き渡る。

「それ大事です。コーヒーは和やかな場には必須のアイテムですよ」

「さすが、店長」

おだてられて、それでもまんざら悪い気もしていなさそうで、単衣はてきぱきと作業を進めていく。俺は尻尾《しっぽ》を振りながら、その手際のよさをじっと眺《なが》める。

「猫ちゃんもあとで一緒に食べましょうねえ」

風花に背中を撫《な》でられる。まさか俺の伝言の下調べが単なる物欲しさに見えたのではなかろうか。そしらぬふりして厨房をあとにする。ただし、キッチンカウンターにさっき耕三郎が持ってきた猫缶がしっかりと置いてあることだけは、横目でチェックした。

大広間では、ディナーのテーブルセッティングがはじまっていた。ダイニングテーブルには真っ白いクロスが敷《し》かれ、ところどころにキャンドルが置かれている。部屋の中ほどに置かれたクリスマスツリーには電飾が灯《とも》り、ちかちかと小さな灯《あか》りを揺らしていた。

俺はツリーに近寄り、ぷらんとぶら下がっている飾りにちょっかいを出す。イブの夜、俺は勇ましく、こんな雪の山荘で任務を遂行しているんだ。ミチルに自慢したいな、パパやママもえらいね、って褒《ほ》めてくれるかな。

褒めて欲しいな。心細いわけじゃないけど、俺はほんのちょびっとしょぼついた目を前肢で擦《こす》る。いい匂いに振り向くと、厨房で作業している単衣と風花が見えた。

「じゃがいもは千切りに」

ピーラーでおおぶりのじゃがいもの皮を剝《む》いていく単衣に、

「いくつ使います？」

風花が尋《たず》ねる。どうやらアシスタントを決め込んだようだ。彼女も楽しそうだ。

「このくらいのキャセロールだと」

と、ガラスの耐熱皿を手に取り、

「六個くらい使いましょうか」

と指示する。皮を剝き、千切りにしたいもを、風花が水にさらそうとすると、

「あ、さらさなくて大丈夫ですよ」

単衣がやんわりと制止する。じゃがいもはアクが出るから、切ったら水にしばらくさらすのは必須だ。そのくらい俺だって知ってる。ミチルのママやパパがいつもそうしていたからな。

にもかかわらず、今回はさらす必要がないってどういうことだ？　俺の疑問に答えたわけではなかろうが、

「じゃがいもから出るでんぷんが、コクになるんです。だからこのグラタンは、ホワイトソースを作る必要がないんですよ」

「グラタンなのに？」

「これだけでいいんですよ」

と生クリームのパックを手にした。小麦粉を炒《いた》めることで出るソースのとろみはじゃがいものでんぷんで代用するのだ、と説明しながら単衣が調理を進める。

正直、こまかなところはよく理解できなかったけれど、要するに簡単に作れるんだ、というのはわかった。これは戻ったら虹子さんに教えてあげないとな、まあ、無事に戻れたら、の話ではあるけれど。

俺は料理の仕上がりが待ち遠しくて、鼻をひくつかせる。

キャセロールに千切りしたじゃがいもの三分の一くらいの量を均《なら》して入れ、その上に炒めた玉ねぎと刻んだアンチョビを載せる。それを再度繰り返し、最後はじゃがいもで蓋《ふた》をする。

「塩と胡椒《こしょう》を持ってきますね」

調味料を取りに行こうとする風花に、

「アンチョビから塩分が出るので、必要ないんですよ」

と単衣。最後に生クリームを回し入れ、パン粉をふりかけたら、

「あとはオーブンで焼くんですね」

風花が軽い足取りでキャセロールをオーブンに運んだ。

グラタンの焼ける香りが広間まで届く頃には、テーブルに美味しそうな料理が並んだ。

一同が席に着くと、

「料理長からメニューのご説明です」

風花がかしこまって口火《くちび》を切る。

「そんな、料理長だなんて……。ただありものの食材で作っただけですから」

恐悦至極といった様子で単衣がもごもごと口ごもる。

「ほら、せっかくのお料理が冷めちゃいますよ」

琴美の言葉が背中を押したのか、単衣がぴんを背筋を伸ばす。

「こちらは『ヤンソンさんの誘惑』というオーブン料理です」

厚手のガラス製のキャセロールに入っているのは、一見グラタンと変わりなく見える。ヤンソンさんの誘惑だなんて、妙な名前の料理に俺を含め一同が首を捻《ひね》っていると、単衣が説明を続けた。

「スウェーデンの料理なんです。菜食主義者のヤンソンさんも、つい誘惑に負けて食べてしまう、というのが料理名の由来です」

「それほどに美味しいってことですか」

耕三郎が料理に顔を寄せる。

「ヤンソンさんって、トーベ・ヤンソン？」

柚月が尋ねる。「ムーミン」シリーズの作者名だ。それだったら俺も知っている。ミチルの部屋にもあったからな、と鼻を膨らませていると、単衣は首を左右に振る。

「ヤンソンっていう姓はスウェーデンではよくある名前なんです。ですから、あるスウェーデン人が、っていうイメージでしょうか」

「なるほど、日本なら佐藤《さとう》さんや鈴木《すずき》さんってところか」

碧が合点がいったと大きく頷く。

「ちなみにムーミンの作者のトーベ・ヤンソンはフィンランド人なんですよ。ただし、スウェーデン語を母語とするスウェーデン語系フィンランド人なんです」

話し終えてから、照れくさそうに、

「実は私、フィンランド語を長く学習していて、そのあたりのことに詳しいんです。語学は全く上達していないんですけれどね」

「大人になってから新たな学びをするなんて素晴らしいことですね」

琴美が褒めると、美味しい、と感想を述べながら料理を口に運んでいた宿泊客が揃《そろ》って深く頷いた。

「サラダかと思ったらオープンサンドでしたか」

取り分けたメイン料理に添えた野菜にフォークを入れた耕三郎が感心する。スライスした玉ねぎや千切った葉野菜の下には、薄切りのパンやオイルサーディンが隠れているようだ。てっぺんの半熟卵にナイフを入れると、黄身がとろりと野菜全体を覆った。

「デンマークで『スモーブロー』と呼ばれている伝統料理です。サーモンや海老《えび》を載せるのがメジャーですね」

そもそもオープンサンドはデンマークが発祥だとも伝えられているのだと、豆知識を挟みながら説明する。

「オイルサーディンが効いているわ」

ゆっくりと味わっている柚月に、冬の長い北欧《ほくおう》では、こうした塩蔵品が重宝《ちょうほう》されるのだと単衣が伝えると、

「旨みと塩味のおかげで、味付けの必要がない一品になるんですって」

と、調理を手伝っていた風花が感心した。

食後には風花がコーヒーを淹《い》れる。それから、

「クリスマスなのにケーキを作る余裕がなかったので残念なんですけど」

と言いながら、単衣がこんがりと焼き色を付けたパンを皿に盛ってきた。

「バゲットがたくさん届いていたので、シナモントーストにしてみました」

食事の際にも出したバゲットが残っていた。薄くスライスし、表面にバターを塗り、シナモンと砂糖を振りかけてトーストしたものらしい。カリッといい音が聞こえてきた。コーヒーのおかわりを用意しましょうか、と風花が席を立つ。

「こういうイブも悪くないわねえ」

厨房に向かう風花を見送りながら目を細めた琴美が、単衣に尋ねる。

「そういえばタクシーの運転手さんが言ってたじゃない？　夏なら出るのに、っ

て。あれ何のことだったのかしらね」

「言ってましたね。冬だから出ないか、って。ヤマブシだとかヤマブキだとか。わりと方言が強くって、聞き返すのも失礼かなって」

肩を竦《すく》めて俯く単衣に、

「都内からわずか数時間なのに、一気に異世界に来ちゃったみたいですよね。ホント、こんな休暇も悪くないです」

碧が朗《ほが》らかに笑った。


こんないい雰囲気なのに、このあと事件が起こるなんて、信じられないなあ。俺がそう思ったときだ。

「食後にワインなどいかがですか?」

碧がどこから持ってきたのかボトルを手に立っていた。「お、いいですねえ」と耕三郎が赤紫色の液体が注《そそ》がれたグラスのひとつを持ち上げた。

——まずい。

いよいよ幕開けだ。ミステリでは、決まって夕食後のワインに毒薬が入っている。俺は第一の殺人事件を阻止《そし》すべく、耕三郎の足を掬《すく》おうと、からだを擦り寄せる。驚いた途端にワインを溢《こぼ》すか、もしくはグラスを落としてくれ、そう願って体

当たりをした。そしてもちろん、ワインが溢《こぼ》れたと同時に俊敏《しゅんびん》に逃げられるよう体勢を整えることも忘れなかった。だというのに、

「おお、ごめんごめん。猫ちゃんの食事がまだだったな」

見当違いに耕三郎がそんなことを言い出し、風花が慌てて厨房に向かう。

——いや、そのグラスには毒が……。

伝える術《すべ》もなく虚《うつろ》な目をする俺の前に、猫缶を開けた皿が置かれた。いただきものはありがたく、と俺が猫缶を美味しく平らげ、気づいたときには、もう耕三郎のワイングラスは空っぽになっていた。

「深みがあるのに、澄《す》んだ味わい。美味しいです」

ワインの喉越しを堪能《たんのう》している耕三郎の様子に変化はない。碧もにこやかに頷いているだけだ。どうやら毒殺は免れたようだ、と、ほっとする間もなく、今度は柚月が席を立つ。

「私は今夜はお酒はやめておくわ。なんだか疲れちゃって」

お先に、と広間をあとにする。

夕食後にひとりだけみんなから離れるなんて犯人の思う壺《つぼ》ではないか。俺は彼女の退出を今度こそ全力で阻止すべく、先回りする。横ばいになって行《ゆ》く手を阻《はば》む戦法だ。

のはずが、暖炉の前で長くのびて横になったとたんに睡魔が襲ってきた。まさか猫缶に睡眠薬……なんてことはないだろう。さすがに洒落《しゃれ》にならん。この睡魔は満腹による必然だ。そっと俺の脇腹を撫でた柚月の足音が遠のいていく。

ならばなんとしてでも犯人の足取りを見逃すわけにはいかない。

けれどもどうにも眠い。ほんのちょっとだけならいいだろう……。目を瞑《つむ》る前、視界の片隅に入った景色にどこか違和感を覚えた。何かが変わっている気がした。けれどもそれはツリーの瞬きに紛《まぎ》れた。

ちかちか、ちかちか。ちかちか、ちかちか。この瞬きが俺を眠りへといざなっていく。ちかちか、ちかちか。ちかちか、ちかちか。

イブの深夜

思わぬ来客

目を開けると、あたりは真っ暗だった。そこが『聴雪館《ちょうせつかん》』の大広間だということを思い出すのに、少しだけ時間がかかった。なぜなら、あたたかくてのんびりした空気の匂いが、カフェ・ポンで嗅《か》ぐのとそっくりだったからだ。

あんなに賑《にぎ》わっていた大広間にはいまは誰もおらず、しんと静まりかえっている。暖炉《だんろ》の火がまだ燃えているのは、もしかしたら俺のために部屋を暖めておいてくれたのかもしれない。暖炉の前でこれ見よがしにぐーすか寝ていたとは、我《われ》ながらお恥ずかしい。暗闇の中、ツリーの電飾だけがかわらず瞬《また》きを続けていた。

思った以上に熟睡してしまったようだ。時計の針は十一時を指している。まずい、と思ってもいまさら、時を戻すことは出来ないのだ。これからやるべきことを考えよう、と俺は冷静になる。

すでに第一の殺人は起こってしまっただろうか。けれどもこの静けさから察するに、幸いにも予想していた恐ろしい展開にはなっていないようだと推測する。

ここまでのところ、宿泊者の中には犯人になりそうな人物は見当たらない。そうなると第三者による犯行が起こる可能性も見逃せない。俺は窓枠によじ登って、外の様子を窺《うかが》う。猫は夜目《よめ》が利く。曇《くも》ったガラスの向こうに広がる雪景色に目を凝《こ》らした。来た時にはかろうじて見えていた石畳もすでに跡形《あとかた》もなく雪に埋《う》もれている。玄関に続く道に新たな足跡は見られない。

「うむ。侵入者はなさそうだ」

俺はすっかり探偵気分で、続いて各部屋の様子を見に行こうと、ヒゲをピンと張った。その前に、思いっきり前肢と後ろ肢をふんばってノビをした。体が鈍《なま》っていては、頭もどん詰まってしまうからな。これは鉄則だ。

さて、と一歩進んだところで、何かに触れ、顔をあげる。その瞬間、俺は声を出すのも忘れるくらいに衝撃の風景を目にしたのだ。

「で、で、でたああああ！」

そこに立っていたのは宿泊客以外の人物。しかも足跡もなくここに辿《たど》り着いたということは、間違いなく幽霊だ、亡霊だ。ミステリに付きものの不可解なあやかし的なものがついに目の前に現れたのだ。

さっき琴美《ことみ》が話していたではないか。何かが出る、って。俺はその時からわかっていたんだ。出るといえば「ソレ」しかないだろ、と。確《やま》かタクシー運転手が「ヤマブシ」だか「ヤマブキ」って言っていたんだっけな。山伏《やまぶし》っていえば山で修行する修験者のことだ。だからおそらくは山伏に扮《ふん》したお化けなのだろう。俺はいったんは驚きのあまり後退したからだを立て直し、どぎまぎしながらも「ソレ」に向かう。勇敢に、しかし用心深く、体を一歩一歩前に進めていく。

するとやがてして「ソレ」の正体がはっきりと見えてきた。「ソレ」は山伏の装束を纏《まと》ってはおらず、ごく普通の薄手のシャツ姿をした男性だ。

「え？　ちょっ、どういうことだ？」

見知った顔だった。

——まさかこいつが犯人……なのか？

そうだ、小説ではたいてい思いがけない人物こそが容疑者になりうるのだ。

「やあ、久しぶり。伝言猫クン」

しかし、当の「容疑者」はそんなそぶりもなく、にこにこと俺に笑いかけてくる。愛想のいい笑顔になんか騙《だま》されないぞ、猫の嗅覚を侮《あなど》るなかれ。性分すら嗅ぎ分けられるんだからな、と鼻をひくつかせるが、どうにもこいつからは悪の臭いがしてこない。

推理は違っていたようだ、と理解したら、新たな疑問が湧《わ》いてきた。

「なんでここにいるんだ？」

「いやあ、それがね」

にこやかに頭を掻《か》いているこの男性、実は青の国の住人、つまるところ「幽霊」

であることに違いない。以前、伝言猫の仕事で調査中に出会った人物で、確かそのときには俳句だか短歌だかをしたためていた。緑の国にいる妻に会いたいんだ、と話してくれていた。

だから足跡も残さずに侵入できたのか、といったんは納得する。しかし、彼がなんでよりによってここに来ているというのだ。勘繰《かんぐ》る俺を無視し、男性はこぼれんばかりの笑みを見せる。

「賞与が入ってね、緑の国への往来切符を貰ったんだ」

つまりクリスマスプレゼントということらしい。人間にはそんな粋《いき》な計らいが青の国でも行われているようだ。俺たち猫はこうして休みもなくせっせと働いているというのに……というぼやきはこの際置いておいて、話の続きを聞く。

「だからカミサンに会いに行こうと来たんだけどさ、この豪雪でしょ。往来の途中で足止め食っちゃって」

それでどこか身を寄せられるところはないか、と彷徨《さまよ》っていたら、この館に辿り着いたんだそうだ。

「なんだ、そんなことだったのか。俺はてっきり殺人犯かと……」

語尾は濁《にご》したつもりだったのに、

「え？　殺人？　あったの？」

ほくほくの笑顔がすっとひいた。俺がこれまでの事情を話している間、彼は真剣にメモを取りながら聞く。どうやらこの人も相当なミステリマニアらしい。

「じゃあ、もしかして宿泊客がひとりずつ消えていくっていうあの展開がこれから起こるっていうのか？」

彼の目が爛々《らんらん》とする。

そういえば『そして誰もいなくなった』っていうタイトルの小説があったたっけな、とミチルの愛読書を思い出す。

俺、つまり探偵、というか『ホームズ』、もしくは『ポアロ』は深く頷《うなず》いて、彼を暖炉前に案内する。さながらこいつは助手、つまるところ『ワトスン』、あるいは『ヘイスティングス』ってところだ。

彼はテーブルに残されたキャンドルに火を灯して、俺に追随する。

「ほら、これどう思う？」

マントルピースに並んだ陶器製の人形を指し示す俺に、彼が口に手をやり、助手らしい丁寧な口調で答える。

「人形……。これが一個ずつ減っていくわけですね」

うむ、と頷きながら、俺はあらためて人形に目をやる。金色の巻き毛をした子どもの形の置き物は、季節外れの麦わら帽子をかぶっている。見立て殺人にありがちな小道具を、数えていく。

「いち、に、さん……。あれ？」

　確か、ここに到着したときには人形は五つあったはずだ。にもかかわらず、いまここには四つしかない。

「ひとつ減っている」

　さっき、目を閉じる前に感じた違和感の元はこれだったのか。呆然とする俺に、既に事件が起きている可能性がありますね、と助手が的確な指摘をした。

「それにこの額《がく》。かつてはここに詩か歌が書かれたものが入っていたんじゃないかと俺は思うんだ」

　暖炉の上に掲《かか》げられたからっぽの額に目をやる。

「その歌になぞらえた事件が起こっていくってことですな」

　助手が神妙に呟《つぶや》いた。

「バレないように、事前に取っ払っちゃったんじゃないかと思うんだ」

　推測を伝える俺に、助手がほかに何かヒントになるようなものはないですか、と尋《たず》ねる。うーん、と考えていただけなのに、からだまで長く伸びてしまい、姿勢を正す。

「部屋割りとかに特別なことはありませんでしたか？」

と、相変わらずのかしこまった口調で助手に聞かれ、俺は部屋の名前とそこに宿泊している人とを順に言っていく。何度か言い間違えをしたかもしれないが、そこは気にせず、知らんぷりを決め込んでいると、助手がポンと手を叩いた。

「中也《ちゅうや》だ」

中原《なかはら》中也という詩人が書いた詩に『生ひ立ちの歌』というのがあるのだと、文学に造詣の深い助手が教えてくれ、一段目を暗唱する。それはこんなふうだった。

幼年時
私の上に降る雪は
真綿《まわた》のやうでありました

少年時
私の上に降る雪は
霙《みぞれ》のやうでありました

十七―十九
私の上に降る雪は
霰《あられ》のやうに散りました

二十―二十二
私の上に降る雪は
雹《ひよう》であるかと思はれた

二十三
私の上に降る雪は
ひどい吹雪とみえました

二十四
私の上に降る雪は
いとしめやかになりました……

小さな頃には真綿のようだった雪が、年を重ねるにつれ、霙や霰、やがては吹雪《ふぶき》となる。そして成熟とともに落ち着いてくる。人生を雪の変化に喩《たと》えた詩なんだ、と助手が説明している間、俺はじっと考え込んでいた。

こじつけかもしれないが、確かにこの詩には部屋名のいくつかが登場する。「私の上に降る」を「時を経るごとに自分に積み重なるもの」に置き換えるとするなら、つまり年齢を表すこの順で事件が起こるのではないだろうか。となるとまずは【雪】の部屋からか？　いや、これは生命を雪になぞらえているのだから、雪になる前の【霙】からはじまると考えていいだろうか。【雪】はむしろ【吹雪】のほうと考えればいいのか、などと互いにぶつくさ言いながら頭を捻《ひね》っていると、二階でコトリと音がした。

びくっとしたはずはないのに、俺の全身の毛が意に反して逆立った。

しばらく音が続いたけれど、一階に降りてくる気配はない。

「伝言猫クン、どうしよう」

さっきまでの口調はどこへやら。助手が頼りなく、俺にすり寄ってくる。

「とにかくあなたはどこかに隠れていてくれ。誰かに見つかって幽霊騒ぎにでもなったら、それこそ面倒だからな」

毅然《きぜん》とした態度で助手に指示を出し、

「俺はこれから二階の各部屋の視察に行ってくるよ」

と、堂々と大広間を出ていく。尻尾《しっぽ》が不安げに下を向いていたことは、この際無視、だ。

【時雨】の部屋

琴美は、なかなか寝付けずにいた。明日は撮影だ。寝不足でクマを作っていくわけにはいかない。けれども寝なきゃ寝なきゃと思えば思うほど、目が冴《さ》えてくる。

「そういえば、向かいの部屋で雪見ができるんですっけ」

こうしてベッドの中にいても、時間が無為《むい》に過ぎていくだけだ。気晴らしに部屋を出てみようと思い立った。

今日いちにちのことを頭の中でなぞっていく。都内から特急電車に揺られ、最寄り駅に着いた。

駅前には山間にありがちのこぢんまりした土産店《みやげ》が並び、観光地図が掲示されていた。地図をみても、これといって目ぼしい場所もない。駅の向こうに広がる低山は、登山するには物足りず、ただしハイキングコースが一応は整備されているらしく、素朴《そぼく》なイラストで案内図が描かれていた。

「撮影場所はあの低山かしら。でもその山なら駅からすぐだから、前のりするほどでもないのに」

撮影は午前中からはじまるとはいえ、早朝ではない。都内からもこの距離なら、当日に来ても十分間に合うのではないか。

経費の無駄遣いだ、と琴美はまたもや業界の悪《あ》しき習慣にうんざりする。この業界にどっぷりと浸《つ》かってしまっていると、当たり前の感覚が麻痺《まひ》してしまうのだろう。

同じ電車に乗っていた数人の客がこの駅で降りたが、そのほとんどは、タクシーや徒歩で目的地に向かったのか、すでに駅前に人はまばらだ。

他のスタッフも到着していないか、とあたりを見回すが、それらしき人もいない。琴美同様に前日から宿泊するスタッフは誰で何人いるのかを、確認しておけばよかった。掲載媒体《ばいたい》の担当者から送られてきた宿泊先の地図を開いていると、目の先に同じ地図を手に、駅前の観光案内看板を見ている女性がいた。

「明日のスタッフの方?」

琴美が声をかけると、三十代後半くらいのおとなしそうなその女性が、きょとんとする。

「あ」、と口を開けて驚く。おそらく声をかけてきたのが、タレントだというのに気づいたのだろう。こうした反応にはさすがに慣れている。琴美は軽く微笑《ほほえ》み返す。

「ごめんなさい。仕事の関係者かと勘違いしちゃったの」

引き返す前に、戸惑《とまど》っている女性に尋《たず》ねる。

「そのロッジにお泊まり？」

「ええ」

控《ひか》えめに首肯《しゅこう》し、

「ひとり旅なんです」

小さく笑った。その笑顔がなんとも愛おしくて、琴美は思わず気持ちが和《やわ》らいだ。職業柄、一般人に親しく声をかけたりはしない。人付き合いがいいほうではないのに、自然と口をついて出た。

「ご迷惑じゃなかったら、一緒に乗っていきません？　私も今日、そのロッジに泊まるの」

と、ターミナルで一台だけ暇そうに待っているタクシーを指差す。

「いいんですか？」

結《ゆわ》えた黒髪を揺らし、目を見開いた。うっかりバスの時間を確認せずに降り立ったら、次の発車が三十分後となっていて、困っていたのです、と恥ずかしそうに顔を伏せた。

「ちょうどよかったわ。私もお話し相手ができて嬉しいわ」

依子《よりこ》がいなくなってから、プライベートでなんでも話せる相手がいなくなった。気づけば、リラックスしておしゃべりすることがなくなっていた。

もちろん仕事先に行けば、会話をする相手はいる。けれどもそれはあくまでも口を動かす、という行為だけだ。心が動くような豊かさとは程遠い。

女性と乗合になったタクシーは山間を進む。低山だと思っていたけれど、道は案外急勾配で、奥に進むにつれ、天候も変わってきた。やがて雪が舞ってきた。

「こりゃあ、かなり積もるぞ。あんたたち、しばらく足止め食らうかもしれないぞ」

おしゃべり好きの運転手が、後部座席の我々に甲高《かんだか》い声で話しかけてくる。

「あら、かえって面白そう」

琴美が笑うと、同乗の女性が天気予報をチェックするためスマホを取り出した。

「そういうのもあんまり通じなくなりますよ」

と不便さを誇るように口にし、田舎《いなか》でしょ、と笑った。

「そういえば、書いてありましたね」

女性が開いた地図のコピーを、琴美のほうに向ける。確かにそんな注意事項が明記されている。

「なんとかっていう会社のスマートフォンだけは繋がりやすいらしいんですけど」

運転手が慣れない調子で口にした横文字の通信会社は、電波の繋がりにくい地区でも威力を発揮する、としばしばＣＭで謳《うた》っていた。

「私はそこのじゃないから無理だわ」

むしろネットなんてないほうがいい。あえてエゴサーチをせずとも、自分の出演作品への批判は、自然と目に入ってきてしまう。いい評価ももちろん悪い評価も。だからこの便利なツールがなかった時代のほうが、余計なストレスがなかった。

――依子だって……。

隙《すき》があると入り込んでしまう思考をどけたくて、目を瞑《つむ》った。

「ところが、そこの会社のも今日は無理みたいですよ」

運転手が愉快《ゆかい》そうに言う。山道に差し掛かり、ギアチェンジを繰り返している。

「そうなんですか？」

隣に座る女性もどのみち繋がりにくいキャリアのスマホなのだろう、さほど関心なさそうに相槌《あいづち》を打つ。

「さっき、ラジオで言っていたんですよ。通信障害っていうの？　このあたりの地区全体で起きたって」

「ネットに頼っているお仕事の方だと大変ですね」

女性の言葉に他人事《ひとごと》ながら気の毒になる。

「こんな吹雪は珍しい」だの「夏だったら出るんだけど、冬じゃあ無理だ」などと近隣情報を運転手がとめどなく話しているのをなんとなく耳に入れているうちに、窓の外はすっかり雪景色になった。やがて白壁に赤い屋根のついたロッジに到着した。

「夜半には雪深くなるな」

荷下ろしした運転手は呟いて、そそくさとUターンして、山道を下りていった。『聴雪館』という名前のそのロッジでは、ショートカットの明るい女性が出迎えてくれた。まだ二十代の若さで、この館の主《あるじ》をまかされているのだそうだ。

館の大広間はすみずみまで掃除《そうじ》が行き届き、暖炉が焚かれていた。ソファに座って、同乗してきた女性と主とで談笑しているうちに、他の宿泊客も到着した。

仕事道具を抱えて、ここで篭《こも》りきりで作業しようと目論《もくろ》んできたらしき男性に、久しぶりのふたりでの旅行だという中年夫婦、宿泊客は総勢五名。宿泊する部屋は二階に用意されていて、どれも冬の天候の名が付けられていた。

ネットだけでなく電話も不通になり、荒天候の影響で、レストランの食事が届かないなどのトラブルが重なった。

けれどもそれを楽しめる余裕がこの宿泊客たちにはあった。それは彼らのもともとの性格だけではないだろう。琴美だって、場合によっては苛《いら》ついたり、文句を述べたくもなっただろう。そうならなかったのはどうしてだろうか。いろいろな要素が偶然にいい方向へ作用したのだろうが、明確な理由はわからない。

ただ、いまはこれまで感じたことがないくらいの穏《おだ》やかな心地でいた。

「依子も一緒だったらよかったのに」

スマホに保存してある写真をそっと開く。眩《まぶ》しい笑顔は、そのときから、そしてこの先も決して更新されることがない。

「会いたい」

スマホをデスクに置いて、ドアの外に出る。カタリ、と小さな音を出して、ドアが閉じられた。大広間の暖炉のぬくもりが、二階にも届いているのか、廊下もほのかにあたたかい。廊下を隔てた向かいの部屋の前に立つ。【聴雪の間】と書かれた真鍮《しんちゅう》の札がかけられたドアノブをそっとひいた琴美は、

「わっ」

息を飲んだ。

目の前に雪景色が広がっていた。角部屋の構造を生かし、前面と側面に窓が配置されている。天井から床近くまである大きな窓のおかげで、まるで雪上に立っているかのように錯覚する。

目を閉じると、降ってくる雪を全身に浴びるように感じた。頭上から次々と降っ

てくる雪が、琴美に積もって体を埋めていく。雪は冷たくなく、むしろぬくもりのあるものに思えた。耳を澄ますと、しんしんと降る雪の音が、おだやかなフーガの調子になって全身を包む。

このままずっと雪の中に埋もれていられたら、と思ってから、目を開けて現実を見る。

窓の外は変わらず美しい景色が広がっている。けれども琴美の心は揺れていた。自分はこんな密やかなぬくもりを享受する資格があるのだろうか。あってはならないのではないか。自問自答が続く。

「あれ、琴美さんも夜更《よふ》かしでしたか」

振り向くと、ビジネスシャツ姿の耕三郎《こうざぶろう》が立っていた。来たときと同じ服装なのは、仕事モードを途切れさせたくないのだろう。

営業職というだけあって、感じのいい男性だ。やや開けっ広げではあるけれど、場を盛り上げてくれ、ちょっとしたトラブルでも険悪にならなかったのは、彼の存在も大きかったのではないか。

「ええ、なんだか寝付けなくて」

こっそり起きていたのが親に見つかってしまった子どものような気分になる。

「僕も仕事していたら、こんな時間になっていました。それにしても壮観ですねえ」

　雪景色に目をやる。

「いつもバタバタしているでしょ。だからこういう時間がとても贅沢《ぜいたく》よね」

　そういえば終日オフの日はいつ以来だろうか、と琴美は頭を巡《めぐ》らす。万年脇役だった琴美が、そのバイプレイヤーぶりを評価されもてはやされるようになったのは、ここ数年のことだ。

「琴美さん、メディアで見ない日がないくらいですもんね。ドラマやＣＭ、飛ぶ鳥を落とす勢いで」

「そんな。大袈裟《おおげさ》ですよ」

　謙遜ではなく、本心だ。二十代の頃はグラビアのような仕事もやった。連続ドラマやバラエティにも出た。けれどもどれも請われて出たものではない。事務所の売り出し中の若手やベテランとのセット売り、「バーター」と呼ばれる仕事がほとんどだった。

　それでもいただいた仕事は真面目《まじめ》にこなしてきた。脇役でもセリフが少なくても、そしてオンエアのときに、そのほとんどがカットされようとも、準備をおこたることはなかった。

ある舞台の仕事で、事務所の先輩が急病で出られなくなった。主演の彼女の代役が琴美に回ってきたのは、ほかにいなかったからだ。琴美はその舞台の出演者のひとりでもあったし、急なスケジュールをやり繰りできる俳優をすぐに充てがうのが難しかっただけのことだ。

琴美は繰り返しの稽古のうちに主役の台詞回しは頭に入っていた。珍しいことではない。けれども、主演の穴を埋めたことが評価に繋がった。四十を迎える頃から一気に仕事が増えた。

琴美自身がやっていることは、昔と変わりない。ただ、まわりの評価が変わっただけのことだ。だから過度に褒《ほ》められても、いまいちピンとこない。

「そうそう、密着取材の特集も見ましたよ」

テレビカメラが一年間、公私に渡り琴美に同行撮影し、編集された番組は、とても好評だったと制作関係者経由で聞いていた。

密着番組が決まったとき、依子にまず最初に報告した。

「よかったねえ。これまでの琴美の努力が報われたんだよ」

心から喜んでくれた。彼女はいつもそうだった。ドラマや映画で何本も主演経験のある人気女優なのに、琴美の小さな活動のひとつひとつを必ずチェックしてくれ、感想を寄せてくれた。

依子とは彼女が主演したドラマで知り合った。十年以上も前のことだ。端役の琴美に気さくに声をかけてくれ、収録時間の合間などに会話をする機会が増えた。互いに芸能界に友人は少なかったのに、すぐに打ち解けられたのは、考え方が近く、分かり合えたからだろう。業界の悪《あ》しき習慣に苦手意識を持っていたのは、子役から活躍し、芸能一筋だった依子も同じだったことにも驚かされた。華やかで輝いている彼女も、ごくありふれたひとりの人間なのだ、と思わせてくれた。

仕事の悩みを打ち明けるだけでなく、依子の趣味のレトロ喫茶巡りにもよく一緒に出かけた。いまでも彼女のインスタグラムには、琴美と出かけた喫茶店の写真がいくつも残されている。

所属事務所も違ったのに、五つ年上の依子は、琴美を妹のように可愛がってくれ、応援してくれていた。

「いまの琴美さんのご活躍、依子さんも喜んでいらっしゃるんじゃないですか？　ほらあのＣＭも」

先日撮影があった調味料のＣＭは、依子と長い付き合いのある企業のものだった。依子の亡きあと、琴美がＣＭキャラクターになったせいで、まるで琴美が友人である彼女の仕事を引き継いだかのように思われ、美談として語られていた。

「親友のあなたが受け継いでくれて、安心していることでしょうね」

「だといいんですけれど」

琴美は曖昧《あいまい》な受け答えを残し、部屋に戻った。

ＣＭのキャラクターが変わるのは、依子が他界するよりずっと前に決まっていたことだ。商品のリニューアルに伴って変わるターゲットの年齢層の趣旨に沿って、という表向きの理由で琴美が指名されたのだ。

依子と既婚俳優との熱愛報道が写真週刊誌を賑《にぎ》わしたのはそれよりも半年ほど前のことだった。報道が間違いだったことは、すぐに判明した。けれども子役で活躍していた頃のイメージのまま清純派と呼ばれていた彼女を、企業が敬遠した。それが本当の理由だ。

デスク上のスマホは画像が開かれたままだった。依子の笑顔が痛々しく胸を突く。

依子がこの世を去った日、琴美はドキュメンタリーの仕事で海外にいた。報《しら》せを聞いてもすぐに戻れなかった。帰国したときには、既に身内だけで執り行われたという葬儀は終わっていた。仔細《しさい》は隠されていたし、あえて聞く勇気もなかった。

「真実はひとつだって言ってくれていたじゃない。どんな報道だって気にしないって」

依子の名前を入力すると、熱愛報道や憶測だけの記事ばかりが並ぶ。だから電波がつながらないこの環境にいると心が落ち着く。スマホの写真アプリの中で、依子がはじけるような笑顔を浮かべている。

「ねえ、依子。私はあなたに甘えてばかりいた。強い人だと信じきっていた。仕事が順調に入ってくるのを、無邪気にあなたに報告していた。それによってあなたが苦しんでいることにも気づけずに……」

琴美はスマホを握《にぎ》りしめたまま、じっとしていた。もう寝よう、ようやくそう思えて立ち上がる。出入り口のドアが半開きなのに気づいて、そっと閉める。その隙から、茶トラの猫が忍び足で出ていったのは、琴美には見えていなかった。

ふー太の考察

「それは違うと思うな」

いましがた琴美に付いて行って耳にした【聴雪の間】での会話や、彼女の部屋での呟きから、俺なりの結論を出す。

琴美は、依子の死因が自分にあるのだと自らを責めているのだ。自分はどんどん仕事が増えていくのに、依子の仕事は芳《かんば》しくない。彼女が長くやってきたＣＭの仕事も自分が担当することになった。まるで依子から仕事を奪ったかのように感じたのではないか。

それだけではない。これまでずっと自分よりも格下で面倒を見てきた後輩が、いつの間にか彼女を越えていたことが、依子を苦しめたのではないか。そこにまで思いが至らなかった自分を悔やんでいるのだ。

もしかしたら少しずつ仕事が減少してきたことや熱愛報道に対しても、ネット上などで厳しい意見があったのかもしれない。それで気に病んでしまうこともあるだろう。彼女の寂しさを理解しきれていなかったことを、琴美は悔やんでいる。

琴美さんの会いたい人は、先立った、

〈甲斐《かい》依子〉

それは間違いないだろう。

依子は亡くなっている。つまり青の国の住人だ。通常ならば、俺が青の国で依子に会い、琴美に伝えたい言葉を聞き出し、その上で魂を預かってくる。あとはその魂を適任の伝言役に託せばいい。とても簡単な仕事なはずだ。

でも青の国との行き来が閉ざされてしまったいまは、それができない。

「ふー太、想像力を働かせるのよ」

虹子《にじこ》さんの声が聞こえてくる。

依子が琴美に伝えたい言葉は何だろうか。それを俺の想像力で導き出す。きっと出来る。だって俺はベテランの伝言猫なんだから。

【雪】の部屋

単衣《ひとえ》はデスクに常備されているメモ用紙にペンを走らせる。開いている分厚い本は、勉強のために持ってきた語学のテキストだ。いくつかの単語を書き出しているうちに、明日の朝食のことが気になってきた。

「段ボール箱の奥までちゃんと見ていなかったなあ」

夜も更けた。けれども朝食のために厨房にある食材のストックを改めて確認しておいたほうがいいだろう、とテキストを閉じた。

パーカを羽織って部屋を出ると、ひんやりしているかと思っていた廊下が、あたたかく、それだけでホッとする。

「幸せなんて、そんなちっぽけなことなのかもね」

漏《も》れていた薄あかりに誘われ、廊下を階段とは逆の方向へ行く。ドアには【聴雪の間】と札が出ていた。半開きになったドアを引くと、雪あかりに照らされ、男性がひとり、窓の外を見ていた。耕三郎だ。おや、と振り向き、笑顔に変わった。

「こんな時間まで明日の仕込みですか？」

目を細める。

「まさか。ただ、ちょっと食材を見に行こうとしたら、ここのドアが開いていたので。綺麗ですね」

窓の外にはしんしんと雪が降っている。止むことがないのではないか、むしろこのまま止まず、ずっとこの館に閉じ込められていても構わない、とすら思えた。

でもさすがに食材が尽きるな、と、くすっと笑いが漏れる。

「今夜の食事、とっても美味しかったですよ。ご馳走《ちそう》さまでした」

味を思い出してくれているのか、耕三郎は口元を緩めながらしみじみと頷いている。その姿をみて、単衣ははっとする。

いつか自分の店を持ちたい。かつてそんな夢を抱いていたことがある。けれども現実との間で諦《あきら》めざるを得なかった。最近は「夢」や「目標」という言葉が苦痛に感じていた。

けれども、いま、自分が本当に求めているものが少しだけ見えた気がした。

しばらく黙ったまま降る雪を見ていた単衣は、耕三郎に声をかける。

「耕三郎さんは、いろいろな店主さんに会っていらっしゃるんですよね」

「ええ、そうですね」

頷いたあと、耕三郎はほんの少しだけ寂しげに目を泳がせこう続けた。

「店主の数だけ、店のやりかたや想いがあるんです」

その言葉を単衣はかみしめる。生き方だってひとつじゃない。頑《かたく》なだった考えに、ゆとりが加わった。そういえば、と単衣は思う。自動車のハンドルは、微妙な操作では動かない。ゆとりを持たせているからだ。そのゆとりは「ハンドルの遊び」と表現され、遊びのおかげで安全性が保たれている。ペーパードライバーながら単衣でも知っていたことだ。

「そっか」

単衣はぽつりと呟く。こうして遊ぶことだって必要なこと。

真綿のように、雪が単衣をやさしく包んだ。まるで雪の話し声が聞こえるようだ、と思い、そういえばこの部屋は【聴雪の間】って名前だったな、と今更ながら知る。

＊

「耕三郎さんは、いろいろな店主さんに会っていらっしゃるんですよね」

「ええ、そうですね」

単衣に尋ねられ、耕三郎はすぐにひとりの店主の顔を思い出す。どんなときも目を輝かせて店のことを話してくれた、まだ少年のような面影《おもかげ》を残した顔を。

「それでは僕は仕事が残っているので、部屋に戻りますね」

何かを小さく呟いた単衣は、穏やかな横顔のまま窓から目を離さない。そうすることで、雪深い景色の中に、自分自身が入り込んでいるかのようだ。

「ネットが繋がらなくて、大変なんじゃないですか？」

窓からゆっくり視線を耕三郎に移した単衣は、まどろみの中にいるような、とろんとした目をしている。

「まあ、ネットがなくてもできる仕事はありますから」

実際、インターネットがあると情報収集についネットに頼ってしまう。情報過多になって、頭の整理が追いつかないこともある。いつか読もうと買って車に乗せたままだったビジネス書を読んだり、俯瞰《ふかん》して物事を考えるのにも、ちょうどいい機会となった。

「便利じゃないことも、いいもんだな、って思えますね。今夜はおかげでそんなことを学びました」

耕三郎の言葉に、単衣がにっこりと笑って頷いた。

【霰】の部屋

戻ってきた部屋のデスクには、さっき車から引き揚《あ》げてきた本が積まれていた。

「積《つ》ん読《どく》とはこのことだな」

苦笑した耕三郎は、積まれた中から一冊を手に取って、ベッドヘッドにもたれかかる。スタンドの電気をベッドに向け、ページを開いた。その時だ。

「あ」

本の間から、ハガキ大の厚紙が滑《すべ》り落ちた。焦《こ》げ茶色の厚紙には、銀色のインクで開店を知らせる文言や地図が印刷されていた。表を返すと、〈いよいよオープンです。がんばります!〉と角張った手書きの文字が並んでいた。

しばらくハガキを眺めていた耕三郎が大きなため息をついた。それからベッドから立ち上がり、ビジネスバッグを持ち上げる。取り出した分厚いノートには、十年分のスケジュールが書き込める。しおりの挟まったページには今日の日付が書かれている。そこからゆっくりとページを辿っていった。時間が巻き戻されていく。

ふー太の考察

【聴雪の間】を出た耕三郎は、まっすぐに【霰《あられ》】の部屋に戻った。旅先の部屋だというのに、まるで自分の仕事部屋のように片付いている。着替えはクローゼットにきちんと収まり、デスクの上には何冊かの本が積まれている。デスクの脇には、黒のビジネスバッグが整然と置かれていた。

耕三郎に付いてドアの中に入った俺は、潜入調査がバレないように、即座にベッドの下に滑り込んだ。こんな技はホームズにだってポアロにだって不可能だ。自分の習性に俺はほれぼれする。

耕三郎が開いた本から、一枚のハガキが落ちた。ちょうど俺の目の前にはらはらと舞い降りてくれたおかげで、内容までしっかり読むことができた。どうやらコーヒーショップの開店案内らしい。八年前の日付が書かれていた。

やがてベッドから立ち上がった耕三郎は、バッグから厚いノートを取り出した。デスクの椅子《いす》に腰掛けた耕三郎が、ため息を漏らしながら、膝にノートを置いて、ページをめくりはじめた。スケジュール帳だ。幸いなことに、角度的にベッドの下にいる俺の位置からでも文字が読めたのは、彼が膝の上でスケジュール帳を広げていたからだ。

必然か偶然か、こうやって証拠を握れるのも、探偵の才能のうち。俺はほくほくした気持ちで、目を凝らし、彼が指を添えながら見ている文字を読み解いていく。あるページで耕三郎の手が止まった。そこにはさっきのハガキに書かれた店名とともに、〈閉店〉の文字が記されていた。ハガキの日付からちょうど一年後だった。

どうやら八年前に開店したそのコーヒーショップは、たった一年で閉店してしまったようだ。たいしたものを出していないカフェ・ポンですら、わりと長くやっているのにな、と俺は不思議に思う。

その文字にしばらく目を落としていた耕三郎が、ページをめくる。月日が遡《さかのぼ》る。〈閉店の相談〉、〈近隣へのお詫び〉、〈開店前の行列の件〉、〈混雑時の待たせかた〉、〈サイト掲載〉、〈掲載用取材〉、〈掲載許可〉、〈掲載依頼〉……。

そして、ハガキの日付のところに〈開店〉と記されていた。

スケジュール帳を閉じると、八年前のことを思い出しているのか、目を瞑《つむ》った。

そして、俺にだけ聞こえる小さな声で、

「俺がいけなかったんだ。無理を言ってメディアに露出させせたせいだ」

と漏らし、デスクに突っ伏した。

「あんなに素敵な店だったのに、俺が台無しにしてしまったんだ」

握った拳で、デスクを叩いた。

ははあ。だいたいわかったぞ。

俺は「犯人はお前だ」、と指名するシーンの中心に立っている探偵の気分になって考察する。もちろん犯人は耕三郎ではない、のだけれど。

耕三郎は、そのコーヒーショップを自社のグルメサイトに掲載するように営業したのだろう。もちろん仕事だから当然だ。けれど、ノルマのため、というよりも彼本人がその店を気に入って、ぜひ広めたいと思ったのに違いない。粘《ねば》り強い交渉のおかげで、店主が掲載に応じてくれたまではよかった。メディアに出たのをきっかけに、客が増えた。すぐに人気店の仲間入りをした。

けれどもそれは予想以上の反響だったのだろう。開店前から客が行列をつくり、近隣からも苦情を伝えられるようになる。

ただ、スケジュール帳の記載によればその都度《つど》耕三郎は相談を受け、対応していたのだから店主からの信頼は厚かったはずだ。

やがて店を閉めざるを得なくなった。閉店理由は、客が少なくて、ではない。人気が出過ぎて営業していけなくなったのだ。おそらくスタッフは店主ひとりだったのだろう。自分の店なのに手に余るほどになってしまった結果だ。

つまり耕三郎さんの会いたい人は、

〈コーヒーショップの元店主〉

会って自分のしたことを詫びたいのだろう。

もちろん普段の俺なら、即座に店主を探し出し、行動やしゃべっている言葉から、本心を探り出して伝える。それがセオリー通りの伝言猫の仕事のやりかただ。けれどもこの非常事態だ。閉ざされた環境から抜け出し、店主を探し出しに行くことは不可能だ。この館の中でなんとか結論を出して、対処しなくてはならない。俺は頭をフル回転させる。

伝言役をしてくれそうな適任はいないだろうか。全身の感覚を研《と》ぎ澄ます。階段を降りようとし、もうひとつの部屋に目をやった。

廊下にて

耕三郎のいる【霰】の部屋の隣のドアには【霜《しも》】のプレートがついている。確か國枝《くにえだ》夫妻が滞在しているはずだ。

部屋の中に、ふたりがいる気配はドアの外から感じることができる。俺の嗅覚と聴覚はそのくらいのことは容易に感知することができるのだ。

ただし、どんなに耳をそばだてようとも、室内から話し声は聞こえてこない。

「もう寝ちゃってんのかな」

諦めて部屋の前から立ち去ろうとした俺は足を止めた。中からは洋服を畳《たた》んだり、バッグを開け閉めする音が聞こえていた。各々《おのおの》が本でも読んで、自分の時間を使っているというわけでもなさそうだ。

もしそうならば、そこはかとなく穏やかな空気が伝わってくるはずなのに、この部屋からはなんともいえないギスギスしたものを感じ取った。

俺の感覚がいつもよりも敏感なのは、外部との接触が閉ざされているせいなのだろう。全身の毛の一本一本がセンシティブになっていた。

【霰】の部屋と廊下を挟んで向かい合っている【霙《みぞれ》】は、主の風花《ふうか》の部屋だ。こちらからは心地よい寝息が聞こえてきた。

俺は足音を立てないよう、そっと階段をおりた。

ふたたび大広間へ

真っ暗闇の大広間に歩み入る。とはいえ、夜目の利く俺にとっては何てこともない。が、

「ぷぎゃっ」

妙な音が自分の口から漏れてしまった。

「お、お、驚かすなよな」

声が震えているのは、もちろん怖かったわけではない。考えに没頭していたから

気づかなかっただけだ。出会い頭《がしら》に助手にぶつかりそうになった。

それにしても、やはり青の国のやつにこっちで会うことには、どうにも慣れない。

「二階の様子はどうだった？」と助手から興味津々に尋ねられても、動悸が治まるまでに少しばかり時間がかかった。

「それなりに収穫はあったね」

「ねえ、ちょっとこれ、見てみてよ」

俺のどぎまぎなど気にもせず、助手が目を輝かしながら厨房に誘う。戸棚の中程に畳んだ布が置かれていた。

「この模様、キミにはどう見える？」

「市松《いちまつ》模様だろ」

茶と白の真四角が連続したお馴染《なじ》みの模様だ。助手が手を上下に動かす。どうやらチェッカーフラッグと言いたいのか、

「ブロックチェックとも言うな」

と好ましい答えをしてみせる。すると、もちろんそうなんだけど、と頷いてから、

「僕にはこれがチェス盤に見えたんです」

助手が俺の顔を窺うようにしておずおずと宣言する。助手気分に浸った口調から、彼の自信がかいま見える。

「確かに……」

そこにあったのはもちろんありふれた柄《がら》の布にすぎない。けれども全てのものを怪しく思うのは、探偵や助手には大切な仕事だ。俺は本業も忘れ、ミステリにはしばしば登場するアイテムの存在に、唸《うな》り声を上げる。

「チェスといえば、『鏡の国のアリス』。『鏡の国のアリス』っていえばハンプティ・ダンプティですね」

しりとりのようにすらすらと関連づけていく様に、助手の有能さを知る。『鏡の国のアリス』は、チェスのゲームに準《なぞら》えられて物語が進んでいく。ハンプティ・ダンプティも物語の途中で登場する。

「ハンプティ・ダンプティといえば」

いったん言葉を切ってから、脇に抱えていた単行本をぬっと開いてよこしてきた。大広間の書棚に置かれていたのだそうだ。

「この本がどうかしたのか？」

詩のような文章の下に線だけのシンプルな絵が描かれている。大人向けの絵本か詩集だろうか。

「『マザー・グース』です」

興奮気味に本のタイトルを指し示す彼に、俺もカッと目を見開いた。どうしていままでそこに気づけなかったのだろうか。見立て殺人といえば、『マザー・グース』が定番だったはずではないか。確か『そして誰もいなくなった』の見立て殺人に使われた「十人の小さな兵隊さん」も『マザー・グース』の歌が元になったと言われているはずだ。

助手が言っていた「ハンプティ・ダンプティ」は『マザー・グース』では有名なキャラクターだ。チェス盤から発想し、ここに行き着いたのだ、と助手の鼻息が荒い。

マザー・グースはイギリスで古くから伝承されてきた童謡集だ。その歌詞になぞらえて連続殺人が起こっていくミステリ小説を挙げたら、枚挙《まいきよ》にいとまがない。おそらく曰くありげな詩の調子がおどろおどろしい雰囲気を醸《かも》しだし、ストーリーに彩りと広がりを加えるからだろう。

「で、それっぽいのがあったのか？」

さっきとは別の緊張感で、俺は食いつく。さすがに頼もしい助手だと一気に信頼が増す。

「これです。僕はここにヒントがあると睨《にら》んだのです」

助手が開いたページにはスミレの花の絵とともに、こんな詩が書かれていた。

　三がつのかぜと　四がつのにわかあめ
　五がつのはなを　さかせるちから

「雪とちっとも関係ないじゃないか」

俺が不服を訴えると、助手がおもむろに口火を切る。

「これを見て思い出したイギリスの詩があるんです」

と、「THE　MONTHS」という詩を原語で諳《そら》んじたあと、翻訳をする。

　1月は雪をつれてきて
　ぼくらの手や足をほてらす
　2月は雨をつれてきて
　凍りついた池の氷をまた溶かす
　3月はひゅうひゅう風をつれてきて

スイセンを踊らせゆらゆらゆらす
4月はきれいな桜草をつれてきて
ヒナギクをぼくらの足元にまき散らす
5月はかわいい子ヒツジたちをつれてきて
ふかふか毛並みの母さんヒツジのそばで跳びはねる
6月はチューリップにユリにバラをつれてきて
子どもたちの両手はいっぱい花の束
暑い7月はひんやり涼しい夕立と
アンズとアラセイトウをつれてくる
8月は小麦の束をつれてきて
実りは穀倉《くら》にしまわれる

暖かい9月はくだものをつれてきて
狩人《かりうど》たちの狩りがはじまる

さわやかな10月はキジをつれてきて
木の実ひろいに楽しい季節

暗い11月は木枯しをつれてきて
木の葉がくるくる舞い落ちる

冷たい12月はみぞれをつれてくるけれど
暖炉は燃えてクリスマスのごちそうが待っている

季節の移り変わりを描写した一編だ。自然の中で動物や人間たちが、いとも穏やかに暮らしている光景は、とても事件に結びつくとは思えない。でも、そうした油断こそが、謎解きの鍵だったりもする。この詩は明確に分類されてはいないけれど、マザー・グースの季節や暦の歌として、部分的に紹介される

こともあるのだそうだ。俺は詩を丁寧に解析し、

「手や足をほてらす、に、氷を溶かす、か」

ふむふむと考察を続ける。

冬の描写の箇所は、念を入れながら繰り返していく。「木の葉がくるくる舞い落ちる」なんて言葉に、つい、カサコソいう葉っぱを追っかけたら愉快だろうなあ、などと頭が他所《よそ》にいきそうなのを、懸命に堪えてもいたけどな。

「冷たいみぞれってあるけど、どっちかがどっちかを憎んでいるって考えると、霜がキーワードになるからなあ。霜の描写はこの詩にはないのか」と難しいことまで巡らせていると、

「憎む？」

はたと気づいたのか、助手が腕を組む。

「じゃあ、枕草子かもな」

しばらく頭を捻ったあと、清少納言の書いた『枕草子』の一節を紹介してくれる。

降るものは、
雪。

霰。

霙は憎けれど、白き雪のまじりて降る、をかし。


次の段にこう続く。


雪は、檜皮葺《ひはだぶき》、いとめでたし。すこし消えがたになりたるほど。まだいと多うも降らぬが、瓦の目毎に入りて、黒う丸《まろ》に見えたる、いとをかし。

時雨・霰は、板屋。

霜も、板屋、庭。


『春は、あけぼの』ではじまる枕草子は、季節や人々の営みをつぶさに観察し、風情やそこに見出した考えを綴った随筆だ。

「『かたはらいたきもの』なんていう段もあるんだよ」

と、助手が面白おかしく教えてくれる。客がいるのに奥で露骨な話をしていること、酔って同じことを繰り返ししゃべっていること、それに子ども自慢をする親バカなこと、そうしたことを聞いているのは、なんともいたたまれない、となかなか手厳しい。

　堅苦しい古典も読み解いていくと、そうした痛快な箇所もあるのだよ、と笑ったあと、さっきの『降るものは』を暗唱しては現代語に訳してくれた。

「降るものといえば、雪や霰。このあとが『霙は憎けれど』。さっきキミが『憎む』、なんて言うからさ、ふとこれを思い出したんだ」

　びくりとする。

「でもそれだと話が合わないなあ。【霙】の部屋の風花さんはここの主なわけだし」

「しかも『白き雪のまじりて降る、をかし』って続くから、憎むのとは違うよね」

　霙は好きではないけれど、白い雪が混ざって降るのは、とてもいい、と言うのだから、むしろ褒めているのではないか、というのが助手なりの見解だ。

「憎み合っている夫婦の部屋は【霜】なんだから、最後の『霜も、板屋、庭』ってとこか」

　助手が訳してくれた現代語訳と照らし合わせる。霜は板葺き屋根や庭に降り積もるのがいい、って夫婦関係と関連があるのか？　と、俺が必死で考えをまとめていると、

「ちょっと待ってくれよ」

助手がすっとんきょうな声をあげた。全く、おしゃべりだなあ、とじろりと睨んでやったが、意にも介《かい》さずに、

「さっきからキミは夫婦が憎んでどうのこうのっていっているけど、それはどういうことなのかな？」

えへん。俺は咳払いののち、持論を言う。部屋の気配から、國枝夫妻の仲は冷え切っているのだと理解した。もしかしたらこの旅がふたりにとって最後の旅になるのかもしれない。

思い起こせば、タクシーの座席に仲良く並んで座るでもなく、妻は助手席、夫は後部座席に離れて乗っていた。到着時に車のトランクから出した荷物も、夫が妻のものを持ってあげるでもなく、それぞれの勝手に運んでいたし、互いを思いやっている様子が伝わってこなかった。大広間でもあまり目を合わせていなかった。そうした細やかな観察によって導き出した俺なりの解釈に感心したのか、助手があんぐりと口を開けた。

賞賛の言葉を受ける準備をしている俺に、助手から思いも掛けない言葉が浴びせかけられた。

「本当に申し訳ないのだけれど、伝言猫クン。それは違うかもしれません」

「へ？　なんだって？」

あまりに心外な指摘に、ぶるぶると唸り声をたてた。

「いや、夫婦仲が冷え切っているのは確かかもしれない。けど、別れたいだなんて、そんな気はないよ。どちらかといえば、この旅を機会にやり直せたら、って思っているんじゃないのかな」

助手が目を輝かせる。

「どうしてそう言い切れるのさ」

せっかくの考察を台無しにされ、若干不貞腐《じゃっかんふてくさ》れている俺に、助手が畳み掛ける。

「実はキミが気持ちよさそうに寝ているあいだにこんなことがあったんだよ」

繰り返しになるが助手は青の国の住人だ。だから例えば夜通し起きていたとしても、たいして苦痛にならない。まあ、俺たち猫はどっちの国にいたところで、睡眠時間はたっぷり確保しないとやっていけないけどな。

だから、この館に迷い込んだこの人は、俺が惰眠《だみん》を貪《むさぼ》って……もとい、睡眠でパワーを蓄えている間も、起きてここで暇を持て余していたらしい。

「あのスレンダーな女性はソファでしばらくくつろいでいたけれど、明日の仕事もあるので、と挨拶を残して二階に行ったんだ」

「女優の琴美さんだね」

「ここの主と料理人はしばらく台所で片付けをしていたな」

「単衣さんはここの料理人じゃあないんだ。たまたまレストランのシェフが来られなくなっちゃって、今回の調理役に立候補したんだ」

経緯を話して聞かす。

「夫婦のうち、妻のほうは、僕がここに来たときは姿が見えなかったな。その結果、この場にはふたりの男性が残ったのさ」

「國枝夫妻の妻は柚月《ゆづき》さん、夫は碧《あお》さんだ。もうひとりの男性は耕三郎さん。柚月さんは食後すぐに二階に上がったからな」

と一通り紹介し、

「耕三郎さんは夜に仕事をすることが多いらしくって、いまも部屋で資料を読んだりしていたよ」

俺は【霰】の部屋で見た光景を思い出す。

「飲食店に営業して宣伝媒体《ばいたい》に載せたり、取材を取りつけたりしているんだろ」

「よく知ってるな」

俺が驚くと、ここにいたふたりの様子をつぶさに話して聞かせてくれた。それはこんな風だったそうだ。

それにしても探偵の休息中に調査を進めてくれるなんて、なんて有能な助手を持ったんだ、とさっきまで邪険に扱っていたことすら忘れ、俺は誇らしくなる。

助手の観察

「ふたりはそのソファに座っていたな」

僕は見聞きしたことを伝言猫クンに順を追って伝える。

彼らは、今日いちにちのことを振り返ったり、お互いの仕事のことを話したりしていた。ワインを片手に話していた、と言うと、

「ワイン？　大丈夫だったか？」

と伝言猫クンが毒が入っていなかったかと慌てていたけれど、ふたりとも美味しそうに飲んでいた、と伝えると安心したようだった。

「耕三郎さんは、一日何軒も飲食店を回るんだって言っていたよ」

かいつまんで説明すると、伝言猫クンが「そうだろうね」と頷いた。

「碧さんはどんな仕事をしているんだ？」

伝言猫クンの質問に、

「インターネットのコンテンツを作る会社だとか言っていたかな」

ここで聞き齧《かじ》った内容を説明する。

「じゃあ、ふたりは話が合ったんだろうな」

伝言猫の仕事をしているだけに、なかなか鋭い。彼は「想像力が大切」だと口癖《くちぐせ》

のように言葉の端々に上げていたのだけど、まさにそのとおりだ。

「うん。仕事の悩みとか？　まあ愚痴《ぐち》ってほどのものじゃないけど、話は弾んでいたね」

「で？」

「あ、そうそう夫婦のことだよね」

僕は、真剣に聞いてくれている伝言猫クンのぱっちりした目を見て、続きを進めた。

「耕三郎さんが何気なく、ご夫妻で旅行なんて素敵ですね、って言ったんだ。そうしたらさっきまで多弁だった碧さんが、ぷつりと口をつぐんでしまってね。それからぽつりぽつりとね」

碧によると、柚月と結婚して三十年。どちらもまもなく六十歳になるのだという。

「定年かあ」

伝言猫クンが唸る。人間社会にやたらと詳しいのは、元々彼を飼っていた家族のおかげだろう。

「そう、会社員だと六十歳はひとつの区切りになるよね。まあ最近じゃあ、六十五歳定年をしいている会社が多いけど、それでもやっぱり」

僕は生前（伝言猫クンの用語だと緑の国って呼んでいるようだ。はじめて聞いたときにはなんて素敵な呼び名なんだ、と感動したものだ）は、公立高校で国語の教師をしていた。教員の定年は今後、段階的に引き上げられるらしいけれど、僕が勤めていた頃は、教師も一般企業同様、定年は六十歳だった。

定年まで勤め上げ、これから第二の人生、という矢先に病に倒れてしまった。喪失感よりも教師の仕事をやりきった満足感があった。だから僕は人生に未練はない。

青の国（すっかり伝言猫クンの用語に親しんでしまい、口をついて出るのはこっちの言い方のほうが多い。念のため解説しておくと、青の国とは黄泉《よみ》の国のことだ）に来てからは、やりかけていた文学研究や趣味の句作に力を注《そそ》いでいる。

なかなか充実した日々を送っているのは間違いない。ただ、心残りはひとり残してきた妻のことだ。盆にはもちろん会いにいけるけれど、時期をずらすと往来の許可を取るのが意外と面倒だ。

一度に往来する人数を制限しているため、申請してから実行までは数ヶ月待ちなんてこともざらだ。「地球が歪《ゆが》む」という表現を使っているように、青の国の住人が一気に押し寄せたら大変なのは容易に想像できる。

そうした困難を経て、今回クリスマスの賞与を使ってようやく受理してもらえた往来申請だ。お盆以来半年ぶりの妻との再会を心待ちにしていたところ、この豪雪に巻き込まれてしまった。

——でも面白いもんだな。

僕は軽《かろ》やかな気持ちで笑みを浮かべる。

足止めを食らったおかげで、楽しい経験をすることができた。滅多《めった》に会うことのない伝言猫クンと、こうやって探偵の助手まがいのことができるだなんて、誰が想像できただろう。

悪いことだって、いいことや面白さに変換すれば、それは豊かな時間になる。いま、緑の国で「ろくなことがおこらない」と憤っていたりくすぶっている連中に、教えてやりたいな、と教師魂がむくむくと湧いてくる。

ただしそれも自分次第だ。どんなに豊かな出来事であっても、本人がそう思えないならば、一向に変化はしない。どんな困難だって面白がれれば、こっちのもん。全てがチャンスになるんだ。

館の外では、雪が降り続いている。雨のように降る音が響くはずもないのに、耳を澄ますと、しんしんと積もっていく気配が伝わってくる。

雪の音を聴くことって可能なんだな、と自然が生み出す力に全身を委《ゆだ》ねながら、僕は緑の国での自分を思い出す。

緑の国で働いていたときは、あまりの忙しさに、目が回りそうだった。与えられた仕事をこなすだけで、一日が終わっていた。土日や長い休暇期間ですら、仕事のことが頭から離れなかった。

　豊かさは心の余裕から。たくさんの時間ができたいまだからこそ、そう思えるのだ。けれども当時、僕は「忙しい」を言い訳にしていなかっただろうか、と自分に問えば、そんなことはない、と胸を張って断言することはできない。

　どんなに忙しくても、空を見上げたり、木々のざわめきに耳を澄ますことはできたはずだ。そういう小さな休息を忘れていた。

　伝言猫クンは、緑の国の人が求める「会いたい人」に会わせることに尽力している。そんな大役の「助手」をさせて貰えるだなんて、と僕は光栄に思う。だからこそ、力になりたい。緑の国の人たちが、なんとか自分なりの幸せを見つけてくれたら嬉しい。

　ヒントになるようなことはないだろうか、と僕は耳にした耕三郎と碧の会話を漏らさず伝えようとひとつ咳払いした。

大広間での会話

「ご夫妻で旅行なんて素敵ですね」

　耕三郎に問われ、碧は言葉に詰まる。

「ご結婚されてどのくらいになるんですか？」

ただの会話の繋ぎだとはわかっている。特にそれが知りたいわけでもないのだ。にもかかわらず、碧は言葉にすることで、嘘をついているような気分になって、口ごもった。

「ええ、まあ」

「ちょうど今年で三十年なんです」

嘘ではない。長い付き合いになった。けれども「三十年」という重みのある年月が、まるで夫婦の成熟に聞こえてはいないだろうかと敏感になる。案の定《あんじょう》、耕三郎は目を細め、しみじみとした表情で碧の顔を見て、

「そうですか。そんなに」

と頷く。「そんなに」のあとは「そんなに長く幸せな夫婦生活をしているんですね」だろう。

友人や同世代の仕事仲間と比べても、仲のいい夫婦だった。子どもはいなかったけれど、小さな幸せをみつけるのが上手な柚月のおかげで、ささやかながら幸せな暮らしだった。

「実はこのワイン……」

碧がグラスを目の高さにまで上げる。

「ビンテージですよね。本当に美味しい」

と、ワイングラスを揺らす耕三郎の言葉に、碧が目を丸くする。

「さすが、グルメでらっしゃいますね」

とんでもない、と謙遜する耕三郎に、

「入籍をしたときに、友人からお祝いにいただいたものなんです。いつか開けようと思っているうちに月日が経ってしまって」

三十年前、結婚したその年に醸造《じょうぞう》されたものなのだ、とラベルに書かれた年号を見せる。

「じゃあ、今日おふたりで飲もうと？」

「そのつもりだったんですけどね。彼女、仕事の佳境が終わったばかりなので疲れていて」

食後に酒を飲まずに退席したらしい。

「そんなに貴重なお酒、僕がご相伴《しょうばん》いただいちゃってよかったんですか？」

今更ながら、と耕三郎が頭を下げる。

「いえ、こうしてお話しできてよかったです。いい思い出になります」

碧が納得した笑顔を見せた。

「続けていくことって大変です。けどおかげで気持ちは固まりました」

美味しいお酒が口を滑《なめ》らかにしたのか、碧がくつろいだ様子で話す。

「それにしても、この館、よく見つけましたね。ネット検索だと簡単には出てこないでしょ」

耕三郎の何気ない指摘に今度は碧が驚く。

「そうなんですね。実はこの旅は妻が誘ってくれたんです」

「ほお」

また誤解を呼びそうだ。碧は苦笑いをして、

「夫婦で旅行なんて十年ぶりなんですよ」

と慌てて付け加えた。

「いいですね。羨ましいです。僕は仕事にかまけて、結婚の機会を逃してしまって。いまだにひとりですから」

ひとりでいることに慣れてしまい、もう誰かと暮らすなんて、面倒に思えちゃって、と耕三郎が短く刈《か》り上げた頭を掻く。

「仕事が充実していると、そう思えたりもするんですよ」

碧は本音を漏らす。

「でも、彼女がいてくれる喜びや安心は、それを上回るんです。やっと気づきました」

そう言ってから、顔を伏せてそっとささやいた。

「もう遅いかもしれないんですけど」

その声はあまりに小さな呟きだった。耕三郎には届いていなかった。けれども碧の傍らで身を潜めていた僕にはしっかりと聞こえていた。

「いい旅にしたいです」

碧が今度ははっきりとした口調でそういって、いまにも泣き出しそうな顔に笑みを浮かべた。


僕が事の成り行きを話している間、伝言猫クンは神妙に相槌を打ってくれていた。ひとしきり話し終えると、大広間は静寂に包まれる。伝言猫クンから聞こえるのは、まさか寝息ではないだろうから、興奮による鼻息だろう。

そう期待して返答を待っていると、それとは別の場所からミシミシと足音が聞こえてきた。誰かが階段を降りてきたようだ。

「ぎゃっ」

「ぷぎゃっ」

漏らした声はお互いぐっと喉の奥にしまい、僕たちは慌てて暖炉の脇に置かれたドラセナの鉢《はち》の陰に隠れた。鼓動が外に響きはしないか、というほどに大きな音を立てていた。なんとかおさえようと、体勢を整えても音は鳴り止まない。蒼白になった顔をあげると、小刻みに震えている伝言猫クンがいた。鼓動の音は猫クンから聞こえてきていたようだ。

まあ、お互い青の国にいるのだ。「蒼白」だの「鼓動」だのなんてないんじゃないか？　と思うだろうが、それは大間違いだ。青の国にいてもドギマギはするし、顔色が変わったりもする。緑の国にいる頃と、そこは少しも変わらない。ちなみに臆病《おくびょう》な性格も。

そうやってふたりで手に汗を握って成り行きを見守っていると、大広間を抜け、ひとりの人物が厨房に入っていくのが見えた。

代理料理人の単衣だ。

犯人はまさかこのおとなしそうな女性なのか？　いや、小説では一見害のなさそうな人物こそが真犯人だということがままある。そういう意味で彼女はお誂《あつら》え向きだ。僕たちは用心深く、料理人の行動を観察した。

厨房にて

単衣は作業台の脇に置かれた段ボール箱を覗き見る。レストランから事前に届けられたという食材だ。シェフはこれらを使って、クリスマスらしい華やかな料理を作る予定だったのだろう。数種類の野菜、それに一合程度の米は、メイン料理の付け合わせに使う予定だったのだろう。冷蔵庫には卵、バター、ジャムがあった。

「プロの料理、食べてみたかったな」

皿の上には輝くような景色が広がっていただろう。手をかけたソースがあしらわれ、ハーブの香りがアクセントになっていたかもしれない。

単衣は呟いてから、そうかハーブか、とハーブミックスの入ったスパイスミルを確認する。ふと広間から続く廊下の入り口に目をやると、豪雪で不通になったという電話機が置かれていた。その横にあるのは古いタイプライターだ。

「目玉焼きじゃあ芸がないし。スモーブローは作っちゃったし」

久しぶりに浮き立った気持ちになっていた。メニューを組み立てるのが楽しくて仕方ない。

段ボールの奥に、クッキー生地で作られたタルト台もあった。

「前菜はキッシュだったのかな」

シェフのコースメニューの構成を想像する。キッシュにはたっぷりのチーズが必要だ。新鮮なチーズは自らが持参する予定だったのか、残念ながら冷蔵庫には見当たらない。あるいはカスタードクリームとフルーツを載せたデザートが用意されたのかもしれない。

「デザート……」

急ごしらえだった夕飯時にはデザートまで手が回らなかった。シナモントーストをお茶菓子にしたけれど、せっかくのイブなのにあまりに味気なかった。明日の朝食のおともに何か作れないだろうか、としばらく頭を捻っていた単衣が、冷凍庫にパイ生地を見つける。

「よし、決まった」

シェフが作る特製のメイン料理、魚か肉のパイ包み焼きになったであろう生地を手に、大きく頷いた。

単衣は明日の下準備をしながら、今日いちにちを振り返っていた。駅前で、女性に会った。声を掛けられ、それが女優の芦原《あしはら》琴美だとすぐにわかり、驚いた。寂《さび》れた駅前で、華やかなオーラは隠しようがなかった。乗り合いを誘ってくれ、同乗してこの館に向かった。山道を進むにつれ、雪の降りが激しくなった。

「こりゃあ、かなり積もるぞ。あんたたち、しばらく足止め食らうかもしれないぞ」

と地元出身というタクシー運転手に忠告される。

「あら、かえって面白そう」

翌日仕事があるけれど、どのみち悪天候なら延期だろう。骨休めになるわ、と、琴美がにっこり笑った。

天気アプリを開こうとスマホを取り出すも、電波が届かないようで反応しない。

「あなたは大丈夫？」

尋ねられ、単衣は首肯《しゅこう》する。早めの冬休みを貰っている。仕事は問題ない。それに、

――自分を見つめるいい時間になりそう。

そんな気がした。


この館を選んだときに感じた予感のようなものとともに、いつもギスギスしてくすぶっていた自分の心がほどけていくのを感じていた。

館には個性的な宿泊客が揃《そろ》った。

琴美以外には、グルメサイトの営業をしている耕三郎に、國枝夫妻、それにまだ二十代の若い館の主。そうそう、一匹の茶トラの猫が迷い込んできて、彼も宿泊客の一員に名を連ねたっけ。

タクシー運転手の予言通り、館は夕方には下界との行き来が難しくなった。食事の準備に手配していたレストランのシェフも来られなくなった。通信手段も断絶され、ネットも使えない。

話が違う、と不満を漏らす人がいるだろうか。お互いの立場の違いで主張が異なり、諍《いさか》いが起こる可能性もある。

けれども、そうはならなかった。

非日常が、いつも忙しくしている皆の心を軽くしたのだ。それに、と単衣は笑みを漏らして、断言する。

「ここの空気。それから彼女の……」

思わず料理人に立候補したのは、単純にやってみたい、と思ったからだ。食材を見ているうちに、メニューが頭に浮かんできた。からだが自然に動いていた。

「美味しい」と言って貰えたのはもちろん嬉しかった。けれども単衣の心を満たしたのは、この場の温かさが、単衣の料理によってもっと増したことだ。

「今夜の食事、とっても美味しかったですよ。ご馳走さまでした」

さっきそう言ってくれた耕三郎が見せた表情に思いを馳《は》せる。じんわりと旅の疲れとともに嬉しかった言葉に浸っていたそのとき、

「あら、単衣さん、こんな時間まで」

風花が目をまん丸にして厨房に立っていた。

「明日の朝食の食材をチェックしていて」

単衣が卵のパックを手のひらに載せて見せた。

「わあ。単衣さんの朝食、楽しみー」

と、はじけるように笑った。

「ブランチっぽいメニューになりそうなんですけれど、お時間大丈夫ですかね」

チェックアウトの時間を確認をする。

「せっかくなのでゆっくり過ごしていただきたいな、って思っているので、もちろん。かえって嬉しいです」

ほくほくとした喜びがこちらにまで伝わってきて、単衣は力が漲《みなぎ》ってくる。

「風花さんは、夜の見回りですか？」

館の主というのは、客のいる日は仮眠程度しかできないのかもしれない、と慮っていると、風花がとんでもない、と手を左右に振る。

「ぐーすか寝ていました。泥棒が来ても幽霊が出ても気づきませんでしたね。主失格です」

いたずらっぽく舌を出した。

単衣はトーベ・ヤンソンの童話『ムーミン谷の冬』の物語を思い出していた。冬眠中に目覚めてしまったムーミンが、声をかけようとも耳をひっぱろうともママは目を覚まさない。ムーミン屋敷ではストーブが焚《た》かれ、調度品が整えられている。

この館にはそんな空気感がある。ぐっすり眠れるムーミンママは、それだけ安心な場をしつらえてからベッドに入ったからだ。きっとそれは風花も同じだ。宿泊客をちゃんと守るための心配りをしているのだ。

単衣は風花に言う。

「サンタが来ても気づかず、ですね」

「それは大変だ」と風花が真顔になる。

「じゃあ、眠気覚ましのためにコーヒーでも淹《い》れなきゃ。単衣さんもいかがですか？」

嬉しいお誘いに、ぜひに、とこたえる。手挽きのミルがガラガラと音を立てるに従って、香ばしい匂いが漂《ただよ》ってきて、すっと息を吸い込む。

「最近は酸味の強い浅煎《あさい》りが人気みたいなんですけれど、私は深煎りのコーヒーが好きなんですよねー」

と弾んだ声をあげながら、風花はセットしたフィルターに挽いた豆をスプーンで入れる。

単衣が勤めているコーヒーショップでは、「オリジナルブレンド」と呼ばれる豆が使われている。煎り加減の調整などできない。けれども最近は焙煎《ばいせん》機の種類や豆の栽培農園にまで拘っている人もいることは知っている。

「流行《はや》りだから美味しいってわけじゃないですからね」

そう言った瞬間、単衣の足元に何かが触れた。ふかふかした感触に目を落とすけれども、何も見当たらない。おかしいな、と首を捻ったとき、心の中からこみ上げるような感覚に陥って、口から言葉がこぼれ落ちた。

「ほんとうに大切なのは、心です」

自分が出した言葉にハッとする。なにが起こったのかわからずに、呆然とし、けれどもそれが自分のほんとうの気持ちだったのだ、とわかったのは、目の前の風花がにこにこと笑って頷いてくれていたからだ。

「そうですよね。きっと単衣さんはいつかそんな場を作られるのかもしれませんね。もしかしたら、既にそうされているのかも」

えへへ、と肩を竦《すく》めた。

さっき【聴雪の間】で耕三郎が見せた表情を思い出す。あのときによぎった気持ちを、単衣は整理していく。

常に仕事のことで頭がいっぱいだろう耕三郎が、一瞬、ぼんやりとした表情をした。それは、自分に戻る、というか一呼吸入れる、に近い瞬間だったように見受けられた。それが嬉しかったのだ。

そうした誰もが自分に戻れるような時や心のありようを作りたい、それこそが自分が望んでいたものだ、と思い至る。それは、別に店を持つことばかりではない。いまの職場でも可能だ。それに自分自身の存在が、そうであれたらいいのだ。大切なのは「心」。口にしてようやくわかった。

いつか自分の店を持ちたいと思っていた。けれども具体的なイメージもなく、途方に暮れていた。仕事帰りに訪れたカフェで、店主に進められるがままに、アンケート用紙に記入した。はじめて訪れた店だったから、それが常設のサービスなのか、イベントなのかはわからない。〈あなたの会いたい人は誰ですか〉と書かれた店頭の木箱（店主はポストと呼んでいたような気がする）に、その答えを書いた用紙を入れるのだと、説明された。

「会いたい人」と問われても、すぐには出てこない。むしろ会いたいのは、ほんとうの自分。やりたいことや求める生きかたを見失って右往左往している自分自身に、その答えを教えてあげたい、そう思って、〈自分〉と書いたことを思い出す。

「コーヒーにね、ナツメグを加えると、美味しいんですよ」

単衣の助言に、興味深そうにスパイスを振った風花が、コーヒーカップに鼻を近づけ、いい香り、と呟いてから一口啜《すす》る。

「刺激的！　体があったまりそう」

力が湧いてきたのか、右手にカップを持ったまま左の腕を曲げて力こぶを作る仕草をしてくれた。

「これ、みんなに飲んでもらいたいなあ」

「でも朝食っぽくないですよね。夜には合う味なんですけれど」

気に入ってくれたのは嬉しいけれど、と単衣が言うと残念そうに口を尖《とが》らす。

「そういえば、耕三郎さん、まだ起きていると思いますよ。お仕事だ、っておっしゃっていましたから」

「ほんと？　じゃあ、呼んでこようかな」

風花が立ち上がるのを、単衣は制し、

「そろそろ私は失礼しますので、部屋に戻る途中で声をかけてきますよ」

深煎りコーヒーの香りで満たされた厨房をあとにした。

大広間の暖炉の陰で

「いったいどうなっているんだい？」

助手の興奮が治まらない。さっきから目が開いたままで、瞬《まばた》きすらしていないけれど、乾燥しちまわないだろうか、と余計な心配をしてしまう。俺が単衣に伝言をするその一部始終を、有能な助手はここから見届けてくれていたのだ。

俺は平静を装って、説明をしようと思っていたのだけれど、つい鼻先が膨《ふく》らんでしまったのは、仕方のないことだ。

まずは単衣の言動から、彼女が自分探しの最中にいる、ということに勘づく。単衣さんの会いたい人は彼女自身、つまり、

〈自分〉


伝えたいことは決まっていた。おおよそ本人も気づいていたことだからな。それを言葉という明確な形で示してあげるだけのことだ。

伝言役は、もうこうなったら本人しかないだろう。本人が本人に伝える、のだ。

俺は伝えたい言葉を単衣の魂に変え、尻尾に込める。

「キミの尻尾がね、急に太くなっただろ、爆発でもしちゃうんじゃないかとハラハラしたよ」

助手は未だに動悸が治まらないようで、胸に手を置いている。

「そうやって魂の込められた尻尾を、伝言役に触れるんだ。いまの場合は単衣さん自身に、だな」

「おお、おお。見ていたぞ。足元に触れたかと思うと、素早く擦り抜けていったよ

ね」

　ふふん、と鼻を啜《すす》る。まあ、機敏な動きは俺ら猫の得意技だからな、感心されるほどのことでもないけどな。

「しっかし驚いたよなあ。そうしたらいきなり心の声っての？　そういうのが聞こえてきてさ」

「それが単衣さんの本心ってことよ」

　助手の視線がくすぐったくて、俺は脇のあたりをペロンペロンと舐める。伝言猫として当たり前の働きをしたまでのことだ。だけど、

「単衣さん、自分の気持ちにはっきり気づいたのか、なんだかすっきりした表情をしていたね」

　と指摘され、そうだな、案外いいことしているのかもな、なんて思ったりもした。

「あーあ、事件はいったいいつ起こるんだろうなあ」

　ひとしきり話して落ち着いた助手が、あくびをかみ殺す。つられてくーっとノビをした俺の視界に妙な違和感を覚える。その元がなんなのかときょろきょろしているうちに、暖炉の上に目を止めた。

「減ってる……」

「へ？」

と、間延びした声を出した助手に、顎《あご》をしゃくってその場所を示す。

「三つになってる」

口を真一文字に結ぶ。暖炉の上の人形がまたひとつ減っている。厨房で伝言の仕事をしている最中に、事件が起こってしまったのかもしれない。

「すでにふたりが消えているっていうことなのか？　二階の様子を見に行かなきゃ」

忍び足で廊下に出る。足元に埃《ほこり》が舞っている。顔を上げると、電話機の横のタイプライターの紙にさっきまではなかった横文字が並んでいた。慌てて助手を呼ぶ。

「いったいどういう意味だ？」

ｍｕｎａとタイプされた用紙を前に謎解きに入る。

暗号のようにも見える。宿泊客の頭文字を並べてみたり、室名に関係あるのだろうか、はたまた書きかけのメッセージではないか、などと口々に意見を述べてみるが、どれもしっくりこない。難解なパズルのようだ。

「虚《むな》しい、ってタイプする途中だったとか？」

「いやいや、ミゾレにアラレ。あとは……」

「この前に文字があった可能性もありますよ。例えばｎｏがついていたら」「ｎｏ

muna。飲むな！　ワインは毒入りだから飲むな、という警告かも」

助手とふたり頭を悩ませていても時間が進むばかりだ。こうしている間にも犯行が進んでいる可能性だってある。解読は後回しだ。

立ち去ろうとする俺を助手が引き留める。

「これって何だろう」

電話やタイプライターの置かれた棚の下は物入れになっている。そこに畳まれたビニール製のなにかがあった。助手が怖々取り出す。広げ終わる前に、全貌が明らかになった。

「ゴムボートだ」

声が揃う。ミステリ小説では閉ざされた孤島と見せかけて、実はこっそり陸地と行き来する手口やアリバイ工作に使われることがある。

「急がなきゃ」

恐怖で尻尾が垂れているのを見られないといいんだけど、とちょっとだけ後ろ姿が気になって振り向くと、助手が神妙な顔で考え込んでいた。

「これは暮鳥《ぼちょう》かもしれんぞ」

そんな声が聞こえたけれど、いまはとにかく宿泊客の安否が気になる。俺は足を早めた。

【霰】の部屋

コンコン。

ドアを叩く音に耕三郎は我に返る。ドアの外には単衣が立っていた。

「まだお仕事ですか?」

「ええ。もうちょっとだけ」

振り向いたデスクには、仕事の資料が積まれたままだ。さっきから考え事ばかりしていて一向に進んでいない。

単衣の表情がさっき【聴雪の間】で会ったときよりも穏やかになっている気がした。寡黙《かもく》な印象だったが、力の抜けたやわらかさが見え隠れしていた。この館での時間が彼女の堅い殻《から》を解かしたのかもしれないな、と考えてから、たった一日で変わるはずもない、と普段なら思うであろう自分自身の寛容《かんよう》さにも驚かされる。

「クリスマスイブですからね」

俺の心の中を読まれたのかと驚いたけれど、どうやらそうではなさそうだ。

「サンタに会えるかも、って風花さんが言ってましたよ。なかなか寝ちゃうのがもったいないんですよね」

と続け、風花が厨房でコーヒーを淹れている、とだけ告げ、ドアの向こうに消えた。

「コーヒーか。気分転換になるかもな」

廊下に出ると、単衣は彼女の宿泊する【雪】の部屋には戻らずに、斜め向かい側の【聴雪の間】に入っていくところだった。

「なかなか寝ちゃうのがもったいないんですよね」

彼女が残した言葉に耕三郎は口元を緩めた。静かであたたかなイブの夜が更けていく。外は雪が降り続いている。しんしんと。

ふたたび厨房にて

単衣が去った厨房で、風花はコーヒーカップを両手で包み、肩の力を抜く。

祖母からこの『聴雪館』を引き継いでまもなく一年だ。祖母が健在だった頃からずっと手伝いをしていたから勝手を知っているとはいえ、主の大変さは想像していた以上だった。

予約の管理、館の掃除や補修、食事の手配、接客に保全、そうしたルーティンに加え、季節折々《おりおり》のイベントの告知や館内のしつらえ。常に頭と体が動きっぱなしだ。

それでもようやく少しずつ慣れてきて、いよいよはじめてのクリスマスを迎えることとなった。

予約が思いがけず好調で早々に満室となったのはありがたく、おかげで準備に専念できた。にもかかわらず、想定外のことは起こるものだ。

これまでも通行止めや台風が近づく予報によって、宿泊の自粛をお願いしたこともあった。けれどもこのクリスマスシーズンは天候は安定しているとの予報に、すっかり安心していた。ところが自然現象は人知を越える。みるみるうちに下界と遮《しゃ》断《だん》されてしまった。電話は不通、ケータリングのシェフも来ない。詫《わ》びて許される状況ではない。けれども、宿泊客の面々に救われた。インターネットで仕事をしたかっただろう客も、納得するだけでなく、この状況を楽しんでくれているようだった。依頼先のレストランのシェフが来られなくなったピンチも、料理上手の客が調理を申し出てくれ、珍しい北欧《ほくおう》料理を振る舞ってくれた。切り抜けられないと思えた厳しい状況が、喜びに変わった。

風花はこの館を引き継いだ日のことを思い出していた。

つい数日前まで元気に切り盛りしていた祖母が、珍しく風邪《かぜ》気味だと言って寝込んだ。それから三日もせずにこの世を去ってしまった。大好きな祖母を亡くしたことは、もちろん寂しく悲しい出来事だった。けれども最後まで病院の世話にもならず、誰にも迷惑をかけず一生を終えたのは祖母らしいな、とも思えたし、それが祖母の生き様だったようにも感じた。

平均寿命もとうに過ぎていたのだから、天寿を全うしたんだ、と葬儀も湿っぽいものではなかった。笑顔で送ることが祖母への供養《くよう》になるだろう、と、風花も参列者の対応を真摯《しんし》にこなした。

『聴雪館』は自分の代まで、と生前祖母が口にしていたから、閉めることに異論はなかった。

「ここはおばあちゃんの趣味みたいなもんだから」

風花が手伝っていると、祖母はたびたびそう口にしていた。

祖母が丁寧に築き上げてきたこの館がなくなってしまうのは惜《お》しかったけれど、だからといって会社勤めの父や専業主婦の母が管理できるはずもない。諦めていた風花の気持ちが、祖母の葬儀を取り仕切っているうちに変わっていった。弔問客《ちょうもん》を案内し、滞りなく運ぶように、と先んじて行動することに、喜びを覚えていた。

「ねえ、『聴雪館』、私がやったらダメかな？」

祖母の葬儀が終わり、見送る行事をひと通り終えた頃に、自然と口をついて出た。

「いいんじゃない？」

両親の反応はあっけないもので拍子抜けした。そもそも風花は大学を卒業しても、定職に就かず持て余していた。『聴雪館』という勤め先ができたことに、むしろホッとしていたのかもしれない。

ここは祖母の他界と同時に閉鎖する予定だったのだ、と今夜訪れた宿泊客に話したら、

「それを阻止したのね」

と客のひとり、國枝柚月がそんなことを言ってくれた。

けれどもそんなに大仰なことではない。自分にできるだろうか、という不安もあったけれど、この素敵な館がこれからも続いていくことが、何よりもの喜びだっただけだ。

「おばあちゃん、私、なんとかやっているよ」

コーヒーの湯気が頰にかかって、目元を濡らした。右手の人差し指で拭《ぬぐ》っていると、

「こんばんは」

耕三郎が厨房に顔を出した。

「単衣さんから風花さんがコーヒーを淹れているって聞いたので、いそいそと来ち

ゃいました」

部屋で仕事をしていて行《ゆ》き詰《づ》まっていたところだったと笑う。

「私の淹れるコーヒーですけれど。よかったらぜひ」

彼はグルメサイトの運営会社に勤めている。味にもうるさいのではないか。風花は緊張しながら陶器のドリッパーにフィルターをセットする。

挽きたての豆を入れ、沸騰《ふっとう》したお湯を、注ぎ口の細い専用のドリップポットに移す。息を整えてから、粉の表面にほんの少しだけのお湯を静かに注ぎいれる。ここで一呼吸。数十秒蒸《む》らしたあと、円を描くようにポットを動かしながら、丁寧にドリップしていく。コーヒーの泡が小山状に盛り上がった。泡の蓋が旨みを作り出す。

フィルターのお湯が全て落ちきらないうちに、ドリッパーを素早くサーバーから外す。底に溜まったえぐみを入れないためだ、と祖母から教わった。

あらかじめ温めておいたカップに、サーバーから注ぎ入れ、耕三郎に「どうぞ」と渡した。澄んだ液体は、成功の証だ。果たして耕三郎の、

「美味しい」

ふうっと息を吐いた表情に、ホッとする。目を細めたかと思うと、

「懐かしいな」

小さく呟いた。

「以前、好きなコーヒーショップがあってね」

耕三郎が話し出す。最初は仕事で訪れた店だけれど、通ううちに仕事抜きでファンになったんだそうだ。風花のコーヒーは、その店の味に似ている、と言われ、滅《めっ》相《そう》もない、と恐縮してしまう。

「コーヒーの味はもちろんなんですけど、店主のお人柄が好きだったんですよね」

もう飲めない、というのだから、事情があってその店はないのだろう。俯いている耕三郎にそれ以上聞くのは申し訳ない気がし、風花は話題を変える。

「単衣さんに教わったんですけれど、これをちょっとかけてみてください」

へえ、と珍しそうにスパイスの香りを嗅いだあと、耕三郎は自分のカップに振り入れる。一口飲んで、目を瞠《みは》る彼に、風花が「でしょ」と笑いかけた。

「真冬のクリスマスが、一気に真夏になったようだ」

その言葉に、南半球のクリスマスではサンタが水着姿でやってくるのだ、という逸話が頭に浮かぶ。

ふと風花の足元が暖かくなったように感じ、その瞬間、

「きっと感謝していると思いますよ。クリスマスは暑くても寒くてもクリスマス。サンタからのプレゼントの形が違っても、嬉しいものです。貰った相手はきっと感謝してくれるはずですよ」

と言葉が口をついて出た。

「え？」

構三郎が、真顔になる。

頭で考えるのとは別の意識から漏れてきた言葉に、風花は自分でも驚く。けれども、きっとこの人は相手にそう思わせる仕事をしている、それだけは確信を持って思えていた。

「感謝、ですか」

「ええ。コーヒーを美味しいって言ってくれてありがとう。自分の淹れた味を好きになってくれてありがとうって。そんな言葉を、風花サンタからお伝えします」

ぺこりと頭を下げた。顔をくしゃっとさせた泣き笑いの表情を浮かべ、耕三郎が厨房を出ていく。後ろ姿に、

「メリークリスマス」

風花は声をかけた。

＊

耕三郎は二階に向かう階段を一段一段のぼりながら、風花がかけてくれた言葉と

ともに思い出を嚙み締めていた。

美味しいコーヒーだった。いい店だった。大好きだった。そう思う人がいたことが、彼にとって救いになってくれていただろうか。そしていまもどこかで美味しいコーヒーを淹れているに違いない、そうであって欲しい、と願う。

シンプルな深煎りのコーヒー、スパイス入りのコーヒー。美味しさが無限なように、店の在《あ》り方もさまざまだ。答えはひとつではない。だからこれからも自分なりの応援をして、多くの店を支えていきたい。それが自分のすべきことだ。

例えば店がよく入れ替わるのはどうしてだろうか。耕三郎は、担当している『榊《さかき》ビル』のことを考えていた。新規店をサイトに掲載するのが仕事。だからといって、次々に店が入れ替わっていくのを見ているだけではいけない。できれば長く続いてほしい。立地か建物の造りか、その理由を探ってみる必要がある。

仕事の続きをしよう、と耕三郎はデスクに座る。そのとき、焦げ茶色のハガキが、積まれた本の上から落ちて、耕三郎の目の前にひらりと舞い降りた。珈琲《コーヒー》色のそれを拾い上げる。

「ありがとう」

会いたかった相手に、会えた。いや、実際は会えてはいない。けれどもそんなクリスマスの奇跡があってもいいじゃないか、今夜はそう思えた。

【聴雪の間】にて

【聴雪の間】、とはよく言ったものだ。角部屋の特性をぞんぶんに生かして、二面に大きな窓を配置して、外の風景を堪能《たんのう》できるようになっている。

柚月は窓の外に降り続く雪をまさに「聴く」ように眺めていた。

「いらしたんですね」

耳当たりのいい声に振り向くと、単衣がドアから顔を覗かせていた。

「ご一緒させていただいてもいいですか?」

尋ねられるまでもなく、歓迎する。ちょうど人恋しく思っていたところだったのだ。

「かなり積もりましたねえ」

なんだか寝るのがもったいなくて、つい夜更かししてしまったのだと笑う単衣が、窓の外を見て、息を漏らす。

「綺麗なのよねえ。ずっと見ていても飽《あ》きなくて。私もここから離れられないのよ」

柚月も視線を戻す。

「碧さんはもう夢の中でしょうか」

尋ねられて、顔が強《こわ》ばる。それを気に留めることなく、

「サンタさんはもう訪れているんでしょうかね」

単衣が肩を竦《すく》める。まだ三十代だろう。全国展開しているチェーンのコーヒーショップに勤めている、と自己紹介していた。いちおう店長なのだと控えめに言うのに対し、

「ひとつの店を任されているなんてすごいことだ」

とグルメサイトの営業職をしている耕三郎が賞賛した。その場にいた皆が頷くのに、単衣の表情が曇ったままだったのが気になっていた。

それでも自ら料理人に立候補し、届いていた食材だけで美味しい料理を作ってくれた。思わぬ夕食に喜んだのは私たちだけではなかったようだ。ハプニングが彼女を変えたのだろう、いま、窓の外に目をやっている彼女の表情は、とても満ち足りていた。

これからどんな道にだって進むことができるのだ。場合によっては、選択肢の多さにかえって戸惑うこともあるだろう。でも、きっと自分だけの何かを見つけ、歩いていくのだ。

まだ見ぬ将来がある若者に、羨ましいな、と柚月は眩《まぶ》しく思う。

「本当に美味しかったわ。食べたことのない珍しいお料理でしたし」

夕飯にいただいた味を思い起こす。じゃがいもとアンチョビのグラタン。最近はこってりした味はもたれるように感じていた。けれども、彼女の用意してくれたそれは、くどさがなく、アンチョビの塩気がじゃがいもによく馴染み、食が進んだ。じゃがいもはほくほく、というよりもしゃきしゃきした歯ごたえが残り、それがまた食欲をそそった。

「ありがとうございます」

小声で頭を下げ、

「いつもあんまりうまくいかなくて。仕事や恋愛も、趣味や将来のことも。私いったい何やってるんだろうって思うときもあったんです。けれども、ようやくわかってきた気がして」

ぽつりぽつりと話してくれた。柚月はそれを聞きながら、自分自身のことを考えていた。

染色の道に進んだのは、たまたま参加したワークショップがきっかけだった。生活雑貨を扱うショップに買い物で訪れた際に、イベントを案内された。面白いわよ、と誘う店主に乗せられ、その場で参加申し込みをした。

麻《あさ》のハンカチに、草木染めをする体験講座だった。柚月よりもいくらか年上の講師が、準備の手際もよく、わかりやすく指導してくれ、三時間の講座があっという間に終了した。一緒に参加していた六名は、完成したハンカチを手に、子どものようにきゃっきゃとはしゃいだ。

楽しかった。それに、草木から出る色が美しかった。生えているときにはまるで地味で雑草のような草花の根や葉から、想像できないような鮮やかな色が出ることにも感動した。ほかの会場でも開催していたその講師のワークショップに何度か通ううち、手伝いをさせて貰えるようになった。薦められ、オリジナルの作品を手がけるようにもなった。

習得する課程で知り合いになった友人たちとグループ展を開催した。やがてSNSの投稿がきっかけになり、個展やギャラリーから常設展示のオファーが続くようになった。

いまは数軒のショップに卸《おろ》しているほかに、自分のチャレンジの場として、定期的に個展を開催している。最近は織物作家や器作家とのコラボレーションにも力を注いでいる。

かつて、夫の碧は柚月の活動を応援してくれていた。個展の搬入《はんにゅう》を手伝ってくれたり、柚月が染めに集中している期間は、家のこと一切を請《う》け負《お》ってくれたりもした。

けれども最近は開催した個展に足を運んでくれることすらなくなった。碧の会社も大きくなり、自分のことだけではなく部下の面倒も見なくてはならない。帰宅も遅く、疲れているのか、すぐに眠りについてしまう。週末も仕事相手との付き合いが増えた。ともに食事をとることもほとんどなくなった。

——もう終わりにしよう。

碧との時間が合わないのは、むしろ柚月にとってはありがたいことでもあった。時間を気にすることなく、存分に染めに没頭できるからだ。別れることに対してネガティブな気持ちは働いていなかった。それだからだ。最後にふたりで旅行をしよう、と決めたのだ。

「クリスマスイブに休み取れる？　素敵なロッジを見つけたから、行かない？」

スケジュールを尋ねると、驚きながらも、賛成してくれた。最後の旅だとは言えなかったけれど、碧も薄々気づいているに違いない。冷め切ったこの関係に区切りをつけなくては。いまさらやり直すなんて不可能だ。ならば選択肢はひとつしかない、碧もそういう結論に行き着くだろう。

「実はこの旅行、夫婦で行く最後の旅なんです」

真実を伝えてしまったのは、単衣から溢れ出る強さが、柚月を後押ししたからだ。口に出してしまうと、気が楽になった。

「え？」

夫婦の危機を瞬時に理解したのか、あるいはどちらかに事情があるのか、わかりかねて目を瞬かせる。

「お互い自立しすぎちゃったのよね。ともに過ごす意味がなくなってきたの」

それからいったん言葉を切り、心のずっと奥にしまっていたことを打ち明ける。

「あの人をそろそろ解放してあげようと思ってね」

言葉にすると、これまでずっともやもやしていた理由に決着がついた。ああそうだったんだ、と納得した。

「どういうことでしょう」

どこまで立ち入っていいものかと戸惑いつつも、単衣が尋ねる。

「私たちね、子どもがいないの。あの人は子ども好きなんだけどね、私はそんなに好きじゃなくて。欲しくなかったのよね」

仕事のほうが楽しくて、と肩を竦める。

「でもいつもどこかで後ろめたい気持ちがあったのよ。ほら男の人って、子どもを持ちたいって思ったら、いまからでも可能でしょ」

もちろん相手がいてのことだし、体質や体力的に難しい場合があることも承知の上だ。

「そろそろお互い別の道を探してもいいかな、って思うのよ」

話を聞きながら、困ったように口を歪める単衣に、

「終わりが来ても、寂しい終わりじゃないわ。道はさまざまなんだから」

片目を瞑って明るく言ってみせた。

ふー太の考察

俺は迷っていた。

だってそうだろ。夫の碧はもう一度やり直したいと思っている。けれども妻の柚月は別れたいと望んでいる。続けていくことって難しいんだな、とそれは夫婦関係だけではなく、人との付き合い、これぞと決めた仕事や勉強だって同じだということを、俺はこの伝言猫の仕事を通じて学んだ。

それだけに続けられることって奇跡みたいなものなのだ。

今夜、この館にいるのは「会いたい人」がいる人。それは間違いない。それも虹子さんのセレクションを経て、会いたい人に会わせる資格のある人たちだ。

同じ日、同じ場所に集められた理由はわからない。けれども、ここに来るように、と誰かからの招待状が届いたのだろう。ミステリだと謎の人物からだったりもするけれど、彼らの言動を調査していくと、気づかないうちにこの館の案内が紛れ込んでいたりしている。

そこまで思い至ってから、鼻をひくつかせる。

——なんか臭うぞ。

もちろん美味しそうな匂いやらきな臭さではない。その案内状を届けたというのは、伝言猫の仕業ではないか、と勘ぐったのだ。やりかたに思い当たる節がある。

俺ははたと気づく。

「あーあ。いっぺんに仕事して疲れちゃったよ」

俺がここに来る前のことだ。カフェ・ポンの暖炉の前で疲れ果ててふて腐《くさ》れていたスカイ。その姿を思い出す。そのあとに寝言で何て言っていたっけ。俺は頭をフル稼働させて、時間を巻き戻す。そうだ、確かにこんなことを言っていた。

「クリスマスイブの……」

それは紛れもなく、宿泊客が揃って口にしていた招待文句〈クリスマスイブのお越しをお待ちしています〉に違いない。

ここに来るための案内状を渡したのはスカイだ。ということは、案内状を貰っている人が〈あなたの会いたい人は誰ですか？　アンケート〉を書いた人だということになる。

——となると、だ。

俺はここでの会話の端々を必死に拾い集める。

「仕事の事務作業をしているときに、ここの案内が紛れ込んでいるのに気づいたの」

自己紹介で柚月はそんなことを言っていた。それに助手が大広間で耳に挟んだ碧と耕三郎との会話にも、「妻が誘ってくれた」とあった。

〈あなたの会いたい人は誰ですか？　アンケート〉を書いた人は柚月。そして柚月さんは碧さんに「これを最後の旅にしよう」と伝えたいのだ。つまり彼女の会いたい人は、

〈國枝碧〉

もちろん夫婦なのだから、いつでも会える。現にいまだって会っている。にもかかわらず、虹子さんが「会わせたい人」としてセレクトしたのだ。夫婦で気持ちを伝え合うことがどれだけ難しいことなのか、それが物語っている。

柚月は「寂しい別れではない」と言っていた。けれどもそれは心の底から望んでいることなのだろうか。

俺は正解が見えずにいた。

「おやすみなさい」

【聴雪の間】をあとにする単衣に、

「メリークリスマス」

と柚月がかけた声が、ドアの脇で中の様子を窺っていた俺の耳に届いた。

単衣が【雪】の自室に戻ったのを合図にしたかのように、別の部屋のドアが開いた。【霜】の部屋から出てきた碧が、廊下をこちらに向かってゆっくり歩いてきた。

「ここにいたのか」

声をかけられてビクリと飛び上がりそうになった。けれども視線は【聴雪の間】の中を向いていた。

柚月がゆっくりと振り返るのが、ドアの隙間から見えた。俺はするりと隙間から室内に入る。やがてドアが閉められ、室内はふたり（と俺）だけになった。

【聴雪の間】のふたり

「ここにいたのか」

声に振り向くと、碧が立っていた。居心地の悪さを感じ、

「そろそろ寝なきゃね」

と部屋を出ようとドアを開けた柚月を、

「わあ、これはすごいな」

興奮気味の碧の声が止めた。そんな潑剌《はつらつ》とした声を耳にしたのは久しぶりだったからだ。いや、そうではない。他人の前では、いつもそんな調子だ。けれども夫婦だけでいるときに、弾んだ調子になるのを、もうずいぶん聞いていなかった。

窓の外の雪景色に釘付けになっていた碧の目が、柚月に移る。やわらかな眼差しが注がれ、柚月も窓辺に戻る。ふたりで並び、黙ったまま、ガラス窓の向こうを見ていた。

雪は空から降ってきて、地面に落ちる。また降ってきては地面へ。そして少しずつ積もっていく。とめどなく、いつまでも。

ふたたび大広間にて

どうしたものか。俺は逡巡《しゅんじゅん》し、ひとまず頭を整理するために、半開きのままの【聴雪の間】のドアを出て大広間に戻る。

「事件は起こっていたかい？」

不安そうに助手が寄ってくるのを制し、体を前後に伸ばし、ごろりと横になる。怠けているわけではない。熟考するのはこの体勢が一番だからだ。そんな俺の熟睡、もとい熟考を遮って、助手が助言をしてくる。

「雪の詩のことだけど。もしかして、こんなのはどうかな、って思い出したんだ」

山村《やまむら》暮鳥という人の『雪』という詩があるのだそうだ。紹介してくれたのは、こんな美しい詩だった。

きれいな
きれいな
雪だこと
畑も
屋根も
まつ白だ
きれいでなくつて
　　　どうしませう
天からふつてきた雪だもの

國枝夫妻が【聴雪の間】で見て、感じていたのは、こんな光景だろう。

「天からふってきた雪、か」

俺がしみじみと呟くと、

「ほら、考えてみてごらん。僕や伝言猫クンは、まさに空からふってきたんじゃないかな？　そう思ったらこの詩がぴったりだなってね」

俺たち探偵と助手は、いまや見立て殺人の考察よりも、宿泊客の心の動きに夢中になっていた。

「こういう詩もあるんだよ。有名だから伝言猫クンも聞いたことがあるかな？」

助手はうっとりとした表情で三好達治《みよしたつじ》の詩「雪」を暗唱する。


太郎を眠らせ、太郎の屋根に雪ふりつむ。

次郎を眠らせ、次郎の屋根に雪ふりつむ。


しんしんと雪が降り積もる。宿泊客の大半は寝静まっている。耕三郎もさすがにもう仕事を終えたかな。國枝夫妻は……とまで想像し、

「まったりしている場合じゃない。伝えに行かなきゃ」

俺は飛び起きた。

「國枝夫妻にだよね。碧さんから柚月さんに？　それとも柚月さんから碧さん

に？」

助手の質問に、俺は再び頭を抱える。それでも仕事なんだから、と気持ちを奮《ふる》い立たせ、とぼとぼと大広間を出る。〈あなたの会いたい人は誰ですか？　アンケート〉を書いたのは柚月。会いたい相手〈碧〉に、最後の旅にすることを伝える、それが俺に託された任務だ。

けれどもこんなに伝えるのが憂鬱なのは、本意じゃないからだ。俺は自分に問いただす。あのふたりにどうなってほしいのか。

「よし」

本来の仕事なら、柚月から碧。でもそうじゃなくてもいいだろ。だってクリスマスなんだから、さ。

【聴雪の間】のドアは半開きのままだ。ふたりは変わらずに並んで窓の外を見ていた。

俺は意を決して、歩み寄る。伝えたい言葉を尻尾に詰め込んで、そしてするりと太らせた尻尾を足に触れさせた。

どっちの足かって？　碧さんの足に、さ。

深夜。クリスマス当日

【聴雪の間】の奇跡

「結婚三十周年、おめでとう」

碧《あお》が窓を見たまま呟《つぶや》く。

「覚えていたの？」

もちろんイブが結婚記念日だということは忘れないだろう。けれども今日が三十年めだということなど、気づいていないのだと柚月《ゆづき》は思っていた。

「当たり前だろ。けど、ちょっと過ぎちゃったな」

時計に目をやる。日が変わっていた。

「仕事にかまけてばっかりだったけど、柚月を大切に想う気持ちに変わりはない」

いまさら気恥ずかしくて口になど出来ないと思っていた言葉がすらすらと口をついて出てきて、碧自身が驚いているようだ。

「これからも柚月は柚月の道を歩けばいい。僕はそれに随行ができないときもあるかもしれない。狭い目で見れば、それは違う道を歩んでいるように感じるかもしれない。けれども、それはあくまで支流であって、流れは同じ。ひとつの大きな川でありたいんだ」

おかしな事言ってないかな？　と碧が確認しながら話を進める。

　夫婦だからといって、常に全く同じ方向を見ている必要はない。でも俯瞰《ふかん》してみたときに、お互いがいることで幸せならいい、そういうことなのだろう。

「ねえ」

　柚月は気持ちを正直に打ち明けてくれた碧に、自分の本心も告げたくなった。

「あなたを解放してあげなくていいの？」

「解放？」

　碧が驚いて柚月を見る。

「だって……」

　そこまで言ってから、「いいならいいわ」と口籠《くちごも》る。夫婦の形に正解はない。子どもがいなくて、家庭を顧みずに各々《おのおの》が仕事に邁進《まいしん》しても、たとえ傍《はた》からみたら不思議な関係だとしても、本人たちが納得しているのならいい。

「素敵なクリスマスプレゼントをありがとう」

　柚月は素直にそう伝えた。

　視線の片隅に、何やらうごめくものがあったけれど、きっと降る雪が窓越しに反射したのだろう。雪あかりがふたりを包み込んでいた。

読者への挑戦状

さて、読者諸君。

陶器製の人形、からっぽの額《がく》、チェス盤柄の布、タイプライターの文字、棚の下のゴムボート、それから夏に出るもの……。ちりばめられた謎は解けたでしょうか。

このあと陶器製の人形は、いったん全てその場からなくなります。

果たして物語の最後には「誰もいなくなる」のでしょうか。

クリスマスの朝

前庭にて

屋根に積もった雪が落ちる音で目が覚めた。

「どうだろ？」

俺は窓辺に駆《か》け寄る。外の気温との差で結露《けつろ》した窓を前肢で擦《こす》る。濡れそぼった窓が磨《みが》かれ、視界が開けたのはいいけれど、俺の前肢にしずくが溜まった。前後に小刻みに振ると、水滴が飛び散って、俺は体を震わす。

四隅に吹きだまりが出来ている窓枠を、今度は濡れないように用心深く覗《のぞ》くと、昨夜の雪空が嘘《うそ》のように晴れ渡っていた。白い雪がレフ板のように、あたりを輝かせていた。木々はクリスマスツリーの綿飾りみたいにこんもりとした雪の固まりを載せている。一面に広がるおとぎの国のような光景に、心が浮き立った。

「ねえ、起きて。晴れたよ」

青の国の住人のくせに、すっかり寝入っている助手に声をかける。ソファの上で幸せそうな寝息を立てている。こんなあられもない姿を宿泊客の誰かに見られたら大変だ。不法侵入者だと騒がれても困る。「どっかに隠れてよ」と、うーんと寝返りを打った助手のふくらはぎに軽く歯を当てる。

「伝言猫クン、痛いよ」

と迷惑そうに顔を歪《ゆが》ませる。「あー、よく寝た」とあくび混じりに漏《も》らした声をすっと潜《ひそ》め、からだを縮める。

「誰か起きてきたみたいだよ」

俺と助手は、気配を消しながら、ドラセナの陰に移動する。こんなに早く起きるのは主《あるじ》の風花《ふうか》だろうか、とそっと覗き見る。

「単衣《ひとえ》さんだ」

髪の毛をハンカチでまとめ、頭のてっぺんで結んでいる。つんと飛び出した結び目は、ミチルのお弁当包みを思わせ、俺はなんだか幸せな気持ちになる。

「朝食の準備かな。はりきっているね」

鼻歌まじりに厨房に入る単衣さんの姿に、俺と助手は顔を合わせて笑う。

「ふっきれたみたいだね。伝言猫クンのおかげかな?」

なんて助手から指摘され、ちょっとだけ得意げになっちまった。俺は猫だから、当然自分探しなんてやつは必要ない。美味《おい》しいものが食べられて、ぬくぬく過ごせるあったかい場所があればそれで十分幸せだからだ。あれやこれやと人間みたいに望みすぎたりしない。

けれども人間はやっかいな代物《しろもの》だ。恵まれた境遇にいるのに、そこに気づかずに、文句ばっかり言ったりしている。俺からすれば、身近な幸せを探さずに、遠くの獲物を欲するだなんて面倒なだけだ、と思うんだけどな。

けど、こうやって、行き詰まっていた人がちょっとだけでも元気になってちっぽけでも一歩を踏み出してくれる姿を目の当たりにすると、くよくよしたり、迷ったりしながら生きていく人間って面白いもんだ、と思うし、そういう弱さもまんざら悪くないな、と思えるんだ。

その手伝いができるんだったら、伝言猫の仕事もいいもんだな、とたまに思う。まあ、たまに、だけどな。

「今回の仕事は順調なんじゃないのかい？」

助手にひそひそ声で尋《たず》ねられ、頷《うなず》きそうになってから、頭をぶるんと振る。

「いや、まだだ」

琴美《ことみ》には伝言していないし、残るひとりの風花に至っては誰に会いたいのかすらわかっていない。

「だけど、こうして晴れたことだし、宿泊客はこの館をそろそろ発つんじゃないのかな」

あくびを嚙《か》み殺して助手が言う。ご指摘のとおりだ。〈クリスマスイブのお越しをお待ちしています〉の誘い文句で集められたこの特別な集《つど》いは、イブの夜からクリスマスまでの一泊二日の行程に間違いない。動けないほどの荒天候だったらそのまま逗留する可能性もあっただろうけど、（そんなことが起こるといいな、と実はちょっとばかり期待してもいたんだけど）どうやらそれもなさそうだ。この晴天なら下界に降りたり、他所への移動だって可能だ。それぞれ忙しそうな人たちだ。暢気《のんき》にいつまでもここにいる理由はない。

ならば宿泊客が揃《そろ》っている時間はもう限られている。残された時間から換算し、俺は彼らの動きを想像する。その上でこの先の計画を立てるべく段取りを考える。

耕三郎《こうざぶろう》は自家用車で来ている。来た道が通行止めになっていたとしても、迂回路《うかいろ》があるだろう。アウトドア仕様の確か四駆とかいう種類の大きな車だ。単衣さんや國枝《くにえだ》夫妻を駅まで送るくらいは容易《たやす》い。つまり彼らはいつでも出発できる。

琴美は今日はこのあと撮影の仕事があると言っていた。前日に宿泊するくらいだから、開始は早いのだろう。そろそろ出発準備をしている頃かもしれない。

「あ、まずい」

そこまで考えて、俺はあることに気づく。深く考え込んでしまった俺の異変に勘づいた助手が、不安げに声をかけてくる。

「どうしたのかな？」

単衣は調理に夢中だ。まさか大広間で俺たちがこそこそ話をしているなんて、思うはずもない。声のボリュームは落としながらも、会話を続ける。

「僕でよかったら手伝うよ」

俺の顔を覗く助手の目がひときわ輝いて見えた。いやはやいい助手を持ったもんだ。俺はこくんと頷く。

「頼みがあるんだ」

俺の言葉に、助手がごくりとツバを飲み込む音が聞こえた。

「ただ、伝言役とかは無理だからね。あんなにすごいこと、僕には出来ないから」

と俺が言葉を挟む隙《すき》なく、早口で言う。

「大丈夫。伝言役じゃあない。琴美さんの仕事関係者のふりをしてもらいたいんだ」

「え、僕が？　大丈夫かなあ」

助手が自分自身の体に目をやる。足から手先まで見て、

「青の国の人間だってバレないだろうか」

と目を伏せた。

青の国では、亡くなった実年齢で暮らしている人は少ない。年をとってから緑の国を旅立った人たちも、自分の希望する年齢や見た目になれるのだ。

だから、季節外れな上、時代が少し遡《さかのぼ》った格好でいる助手はそんな心配をしたのだろう。もちろん幽霊だから足がない、とかそういう怪談めいたことも皆無《かいむ》だか

ら安心してほしい。

「よくよく見ると、あれ、なんかおかしいかな、と思うこともあるかもしれないけど、大丈夫。必要なことだけ言ってすぐに引き返してくれれば問題ないから」

助手への任務を伝えた。

緊張がちながらも「了解」の言葉を貰い、ホッとしていたのもつかの間、助手が青ざめた顔で目を見開いた。

「あ、あ、人形が！」

指さすほうを見ると、確かに人形が二体になっている。暖炉のうしろでこそこそ話しているうちに、誰かが持ち出したのだろうか。注意力があまりに散漫になっていた、と自らを責める。

けれど、いま一階にいるのは単衣だけだ。二階は静まり返って何者かが動く気配はない。俺たちが寝ているうちに人形が無くなったとも思えない。

「確かに夜見たときは三つあったはずなんだけど」

いつ寝入ったのか正直記憶がない。自信なく呟《つぶや》くと、探偵が大きく頷いたあと、驚くような証言をしてきた。

「伝言猫クンが寝たあとに、何者かが二階から降りてきていたんだよ。ゴトゴト作業する音が聞こえていたから単衣さんかな、って思ったんだけど、いま思うと彼女じゃなかったかもなあ」

まさか犯人の出入りの最中もとっぷりと寝込んでいたのか。我ながら天晴《あっぱ》れだ。

有能な助手によると、物音が聞こえなくなったのを見計らって、人形の数を確認したという。

「そのときも人形は三つありましたね」

そのあとは誰もこの広間には来ていないはずだ、と助手口調で断言する彼の完璧な張り込みっぷりによると、単衣さん以外には考えられない。

「じゃあ、やっぱり犯人は単衣さんってことになるのか？」

彼女の動機や手口は何だろうか。第三者が忍び込んでいないのだとすれば、この閉ざされた場所でどうやって犯行が遂行されるというのだ。

あるいは、と俺は思わず「密室殺人」という言葉が頭をよぎって、慌ててその想像を振り払う。

密室殺人には、必ず抜け穴がある。その穴を探り出すのが探偵の仕事だ。俺は自分が伝言猫だということを忘れそうになって、ぶるぶると体を振る。

やがて二階から誰かがおりてくる音がした。

「推理をしている場合じゃない」

頭を伝言猫に切り替えた。

中庭にて

玄関ポーチ前にこぢんまりした庭があった。昨日着いたときには、雪が降り始めていて、あわてて館に入ってしまったから、見ていなかった。琴美は、しかしいまはすっかり雪を被った中庭に立って、空を見上げる。

「気持ちいい」

両手を思いっきりあげて深呼吸した。

いつ眠りに落ちたのか、心地よい目覚めだった。睡眠時間も少なく疲れているはずなのに、頭が冴《さ》えて寝付けないうちに朝を迎える日も多い。でも昨夜は違った。夢をみることもなく、朝まで深く眠ることができた。

朝日が積もった雪に反射して、きらきら輝いている。まぶしさに目を細めていると、いつの間に来たのか、見知らぬ男性が立っていた。

「芦原《あしはら》さん、おはようございます」

「今日の撮影のスタッフさん？　おはようございます。早いですね」

撮影当日の待ち合わせ場所は、この館の予定だった。交通事情も心配で早めに始動したのだろう。前のりする予定だったのに、通行止めになって断念したのかもしれないな、と想像する。

ただ、この寒いのに、真夏のような半袖シャツを着ている。かなり薄着だけれど、撮影スタッフには力仕事も多い。すぐに暑くなるのだろう、とその三十代半ばの男性に目をやる。

「はい。僕は一足先に来たんですけれど、集合場所が変更になったんですよ」

と、この山を下った先の場所を口にする。掲載する雑誌社の編集担当者から伝言を受けてきたという。

「あらそうなの？　だったら前日宿泊する必要もなかったわねえ」

山奥での撮影だから前泊したのにな、とスタッフに告げると、返事に困ったように顔を伏せた。

「悪天候だったので、事前に泊まる予定だったスタッフも到着できなくて。芦原さんおひとりにしてしまって申し訳なかった、とあのええと……」

と口籠《くちごも》る。彼に訴えても仕方ないことだ。これからは無駄《むだ》なことは無駄、とちゃんと主張をしていきたい。けれども一見無駄なことも、潤滑油《じゅんかつゆ》になる可能性だってある。なぜなら、昨夜から今日に至る時間で、得がたい経験をした。効率ばかりが大事ではない。工夫し、時間をかけていく。それがどれだけ豊かなことなのか、それに気づかせてくれた。

「ここに来てよかった。だから結果オーライよ」

出した声が雪景色に反響した。

「では僕は先にそちらに行っていますので」

そそくさと背を向けるスタッフに、

「私も美味しい朝食をいただいたら、すぐに行くわね」

と声をかける。

ふと、茶トラの猫がつつつ、と歩み寄ってきた。昨日、館に迷い込んできた猫だ。まだここにいたのか、と背中を撫《な》でようと屈むと、猫の尻尾《しっぽ》がぼわっと太くなった。

「あら、威嚇《いかく》かしら?」

そのわりには、うなり声も出していないな、とかつて実家で飼っていた猫のことを思い出していると、琴美には背を向け、さっきのスタッフに近寄っていく。じゃれているのか、足元に尻尾をこすりつけたかと思うと、それきり甘えることもなく、どこかに行ってしまった。

「猫ってきまぐれよね」

肩を竦《すく》めて眺《なが》めていると、館をあとにしようとしていたスタッフ男性が、くるりとこちらを振り向いた。

「それからもうひとつ伝言を承っていたのを忘れていました」

少し離れた場所にいた。声がはっきりと聞き取れなくて、「え?」と耳に手をあてた。

「これからもずっと一緒に同じ景色を見続けたい。自分が見たかった景色を、見せてほしい。見せてよ」

まるで愛の告白だ。でも、そうじゃないことは琴美自身がよくわかっていた。これは紛れもなく彼女、依子《よりこ》の言葉だ。

けれども、果たして自分などが見せられるのだろうか。自信がない。男性の慈愛に満ちた微笑《ほほえ》みが、依子がいつも注いでくれていたあたたかな目差《まなざ》しと重なった。いてくれるんだ。これからもずっと近くに。変わることなくおしゃべりし、笑い合えるのだ。

「うん」

琴美は小さく頷く。

「わかった。私は歩き続けるから。あなたが見たかった景色を見るために」

答えたときには、もうスタッフの男性の姿は見えなくなっていた。雪の上に足跡すら残さずに。

琴美は輝く青い空を仰《あお》ぎ見る。

「ねえ、そこからだとよく見えるの?　演技がイマイチだったり、手を抜いているように感じたらダメ出ししてよね、いつでも。でもうまくいったときには、ちゃんと褒《ほ》めてね」

低い太陽から、強い日差しが差し込んできて、琴美の彫《ほ》りの深い横顔をくっきりと浮かび上がらせた。

ふー太のたくらみ

玄関から外に出る助手のあとを追う。探偵が助手のあとをつけるなんて、あまり褒められた行動ではない。けれども今回ばかりは仕方ない。及び腰の助手の尻を文字通り尻尾で叩き、中庭に誘う。

「いまだ」

合図を送ると、おずおずと助手が琴美に声をかけた。

「芦原さん、おはようございます」

琴美がほかの宿泊客に話していたところによると、彼女は撮影場所の付近で前日から一泊することになっていた。撮影日当日は、その宿の前で撮影クルーと落ち合う予定だったようだ。

けれどもその予め指定されていた「集合場所」はもちろんこの『聴雪館《ちょうせつかん》』前で

はない。なぜなら、今回ここへ案内されたのは〈あなたの会いたい人は誰ですか？アンケート〉に当選した人のみだからだ。

最初に雑誌担当者から渡されていた地図は、スカイがここの地図と差し替えたのだろう。つまり、他のスタッフは別の場所で待っている。その齟齬《そご》を修正しておかなくては、と気づいたのだ。本当の集合場所はもちろん知らない。けれども駅前なら関係者の誰かに会えるに違いない。当たりをつけた。

そこで俺は、助手にスタッフ役をやってもらい、集合場所が駅前に変更になったと伝えてもらおう、とたくらんだのだ。

最初は緊張していたくせに、助手のやつ、話し出したら調子に乗ってきたのか、アドリブも含め、なかなかいい感じになってきた。それを見ているうちに、俺はもうひとつ、彼に託してみよう、そんな気になった。

琴美に伝えたいだろう依子の言葉をよくよく考え（これはそうとう想像力を必要とすることなんだけど）、伝えたいことを決め、玄関ポーチを進む。琴美に見つかって頭を撫でられたのは想定外だったけれど、その時点でまだ魂を尻尾に込める前だったので幸いした。

ひとしきり彼女に甘えてから、琴美に背を向けた助手が遠くに行ってしまう前に、俺はいよいよ魂を込める。尻尾がぼわっと太くなったのを合図に、助手に走り寄って、足に触れた。

助手は一瞬、驚いたように俺の顔を見たけれど、全てを理解したのか、爽《さわ》やかな笑みを浮かべ、琴美を振り返った。

「これからもずっと一緒に同じ景色を見続けたい」

ささやかな声が雪にこだました。

厨房にて

広間のテーブルに敷《し》かれた今朝のテーブルクロスは、白と茶色の市松《いちまつ》模様のモダンな柄《がら》だ。テーブルの上に置かれた銀の一輪挿しに生けた、白い草花が揺れていた。

「おはようございまーす」

広間に現れた風花は、ノルディック柄に編み込まれたセーターを身に纏《まと》い、体によく馴染《なじ》んだコーデュロイのパンツを穿いている。雪深い北の異国の子どものような格好だ。ふあーっとあくびで開けた口元に置いた手を、テーブルの花瓶に移す。

「わあ、かわいい」

「風花さん、おはようございます。いいお天気になりましたね」

「ほんと？」と無邪気に窓辺に駆け寄る風花に、単衣がやわらかな視線を注《そそ》ぐ。

「風花さん、遅くまでお疲れ様でした」

驚いて振り向いた風花が、目を泳がす。

「いや、そんな……」

単衣が早起きして厨房に降りてきたときには、すっかり朝食の準備が整っていた。カトラリーも皿も用意され、クロスもテーブルに敷かれていた。あとは調理されるのを待つだけだった。深夜に作業をしておいてくれたのだ。

「ありがとうございます」

お礼を伝えると、

「すっかり単衣さんに甘えてしまっていたので、出来ることだけは、と思ったまでです。主のくせに、お客さまよりも遅く起きてくるし……」

自らを戒《いまし》めているのか、右手の拳で、頭をコツリと叩いたりしていて、なんともかわいらしい。この緩やかさが、館全体の空気を作っている。けれども見えないところで、しっかりとサポートしてくれている。

学ぶことばかりだ、と単衣は素直に感じ入る。

「素敵なクロスですね」

一面に広がる市松模様が、テーブルを華やかにしていた。

「特別な日には祖母はこのクロスを使っていたんです。今日はクリスマスですから」

　目を細める風花は、おばあさんと一緒にクリスマスのテーブルを準備していた頃のことを思い出しているのだろう。

「おばあさん、モダンな方だったんですね」

「市松模様って縁起がいいらしいんです。柄が途切れないことから繁栄って意味があるんだって話してくれました」

「繁栄。ぴったりですね」

　単衣がテーブルに手を置く。使い込んだ布にきっちりと糊《のり》が利いている。

「それともうひとつ」

　風花がいたずらっぽくウインクする。

「この模様って他にいくつか呼び名があるんですけど」

　碁盤縞《ごばんじま》とか横文字ならブロックチェック。それに石畳や霰文《あられもん》。

「霰って、この館のお部屋の名前にもありましたね」

　単衣の指摘に風花は嬉しそうに微笑む。敷石を由来とした石畳の名を言うときはことさら嬉しそうにした。

「この館の玄関の入り口が石畳になっているんですよ。この雪でいまは見えませんけど」

つまりこの館にお誂《あつら》え向きの模様なのだ。特別な日に使う理由がわかると、クロスがより尊いものに見えてくる。

「これ生花ですよね」

風花が興味津々に、花瓶の花に近づく。

「ええ。せっかく風花さんが素敵な一輪挿しを用意してくださったので、何かないかな、ってお庭で」

朝方、玄関ポーチを出た中庭の片隅で見つけた草花だ。ポーチの軒下《のきした》で雪が積もることがなかったのは幸いだったとはいえ、こんなに寒い中で可憐《かれん》な花を開いていたことに驚かされる。

大広間に置かれていた図鑑で調べると、スノードロップという花らしい。細いベル型の白い花には、飾りのように緑の縁取りが付いていた。待雪草《まつゆきそう》や雪の花という別名もあるようだ。

「ドライフラワーか造花か何かをあとで飾ればいいや、って気軽な気持ちで花瓶も出していたんですけれど、かえってプレッシャーかけちゃいましたね」

眉《まゆ》をハの字に寄せる風花に、

「どんな環境でもちゃんと花を開かせる力を持っているんですよね。素敵だなあ」

単衣が賛同を求める。

「そうですね、人間もそうでありたいものですね」

可憐な花に目を落としていた風花が、しみじみと呟いた。

華やかな笑顔で大広間に琴美が現れると、「おはようございます」と風花と単衣の声が揃った。

「あら、いい匂い」

「いいお天気になりましたよ。琴美さんのお仕事も無事、決行できそうですね」

風花が声をかけると、満ち足りた表情を見せる。琴美はいまの仕事がとても好きなのだろう、それが全身から伝わってきた。このあとスタッフたちとこの館付近で落ち合う予定なのだと告げ、玄関ポーチを出る。玄関のドアを開けた瞬間に、朝日が待ちわびていたかのように差し込んできて、単衣は目を細めた。人が行き来するような気配を感じたけれど、きっとまぶしさと外からの風のせいだろうと、朝食準備の続きにかかった。

杞憂

詳しいはずだった。なのにあの一般的な柄にもそんなたくさんの名前が付いていたことまでは知らなかった。

「市松模様にブロックチェック、それだけでも十分な知識だよ」

助手が宥《なだ》めてはくれるが、ちょっとばかり悔しい。

「石畳に霰文かあ。確かにそんな風に見えなくもないな」

いまテーブルに敷いてあるクロスよりも小さいサイズの正方形だと、そんな呼び名を用いるんだろう。着物の柄なんかにしたら合いそうだね、と助手もひとりごちる。

風花と単衣が楽しげに会話を繰り広げながら、朝食の準備が進められていくのを、俺も助手も長閑《のどか》な気分で眺める。時間が静かに過ぎていく。

「他のみなさん、ゆっくりですね」

外から戻って、ソファに体を凭《もた》せかかっていた琴美が言う頃には、俺たちも勘づいていた。

——あまりに遅すぎやしないか。

差し込む日差しが、早朝のそれから昼近くのそれへと変わりつつある。耕三郎さんと國枝夫妻。三名の安否が心配になってきた。そのとき、

「おはようございます」

広間に明るい声が響いた。俺は助手と顔を見合わせ、安堵《あんど》する。

——みんな無事でいてくれたようだ。

宿泊客の目覚め

「おはようございます」

続々と広間に現れる客に、風花がかけている声が聞こえる。

「今朝方《けさがた》になって、ようやくネットが繋がるようになりましたよ」

と喜々《きき》としている耕三郎は、もしかしたら夜通し働いていたのかもしれない。ネットの開通を確認して、仮眠をしたら、すっかり寝坊をしてしまった、と目を擦る。このあと運転もある。コーヒーは濃いめにしたほうがよさそうだ。

「いま【聴雪の間】に寄ってきたんですけど、雪が降っていない景色も、とても素敵でしたよ」

潑剌《はつらつ》とそう言う碧《あお》に、

「まったりしすぎて、こんな時間になっていてびっくりしちゃったのよね」

おだやかな柚月《ゆづき》の声が重なる。単衣は昨夜、柚月に打ち明けられたことを思い起こしていた。きっと、彼ら夫婦にぴったりの歩み方が見えたのだろう、おだやかなふたりの声に、そんなことを確信していた。

正解はない。すべての人、すべての生き方はオーダーメイドなのだ。まっすぐに進むことばかりがいいのではない。迷いながら、引き返しながら、それでも自分が歩きやすい道に、いつか辿《たど》り着ける。それを探すことが人生なのかもしれない。長い道のりも楽しめばいい。

ここで出会った人たちに単衣が貰った最高のクリスマスプレゼントだ。

朝餐

「お待たせしました。朝食の準備が出来ました」

単衣の声に、ソファで談笑していた宿泊客がダイニングテーブルに移動する。

風花は、厨房から料理を運び出すのを手伝いながら、鼻に届く匂いに思わず口元が緩むのを感じた。

主になってはじめて迎えるクリスマスも、終わりに近づいている。滞《とどこお》りなく、とはとても言えなかったけれど、宿泊客に助けられ、なんとか無事に過ごせた。ホッとすると同時に、幾多《いくた》の困難を乗り越えた彼らと別れるのは、ほんの少しだけ寂しくもあった。

けれど、宿泊施設を運営する、ということはいつだって出会いと別れの繰り返しだ。その時々の一瞬一瞬を大切にしたい。その思いを噛み締めた。

テーブルに料理が並ぶ。昨夜のディナーもはじめて聞く料理名のものだったけれど、今朝も見慣れないものが数品あった。

「単衣さん、お料理の説明をお願いします」

風花が促《うなが》すと、「料理長！」と耕三郎が囃《はや》し立て、笑いに包まれた。気を悪くするかと単衣の様子を窺《うかが》うも、彼女は満ち足りた笑顔を見せ、

「では、臨時料理人から、ご説明させていただきます」

とかしこまった。それがまた微笑ましくて、誰からともなく始まった拍手に包まれた。

「こちらはフィンランドのカレリアパイをアレンジしたタルトです」

白い大皿の上には、人数分のミニタルトが並んでいた。エッグタルトのような見かけだけれど、そうではない。風花は厨房を行き来する際に見ていた単衣の調理によると、これはどちらかといえば卵料理のキッシュに近いものではないか、と思う。

「本来はライ麦粉で作った生地を使うんですけれど、今回はありもののタルト台に、お粥《かゆ》を入れて軽く焼きました」

単衣の説明に、

「お粥？　これって日本料理じゃないんですよね」

耕三郎に確かめられ、

「ええ、フィンランドの伝統料理です。北欧《ほくおう》では、米を牛乳で炊《た》いたミルク粥があ

って、クリスマスにも振る舞われたりするんです」

異国の風習を聞いていると、なんだか別の土地にいるみたいだな、と風花はハンドドリップでコーヒーを淹《い》れながら、説明に耳を傾ける。

「お粥っていえば日本だと、風邪《かぜ》のときや、あとは新年の七草粥《ななくさ》ですもんねぇ」

不思議そうに首を傾《かし》げる柚月に、そうですよね、と単衣も頷く。

「北欧には、サンタさんのお手伝いをしてくれる小人さんがいるって伝説があるんです。その小人さんのお食事に、ミルク粥を用意したりするんですよ」

砂糖やシナモンをかけて食べるのだと言われ、ますます味の想像が迷子になる。

さてレシピはカレリアパイに戻る。牛乳に米を入れて炊いたお粥を、単衣がタルト台に敷き詰めてトースターで焼いていたのを、風花も見ていた。

「載っているのはゆで卵よね」

つまんだタルトに目を近づけて、琴美が聞く。刻んだゆで卵がこんもりと盛られている。

「はい、ムナボイです。バターとゆで卵を混ぜたものをトッピングにしています」

「ムナボイ？」

「あ、フィンランド語で卵バターって意味です。ムナが卵、ボイがバター」

「これですね」

風花が手を打ってそういったかと思うと、いったん廊下に出て、タイプライターで打ち出した用紙を持ってくる。用紙には「ｍｕｎａ」とタイプの文字が並んでいる。

「あ、そのまま置いてきちゃってましたね」

タイプがあったので、つい使っちゃいました。備忘録で遊び半分で打っていただけなのに……と恥ずかしそうに目を伏せた。

ディルというハーブをトッピングするとより北欧っぽくなるのだと説明し、味のアクセントにドライハーブを散らしたと続けた。

「意外とあっさりしているんですね」

一口嚙《かじ》って琴美が言うと、

「本当。贅沢《ぜいたく》な卵サンドをいただいているみたい。朝食にいいわねー」

柚月も感心したのか、目を丸くしている。

「もっとこってりがお好みの方は、こちらを足すといいですよ」

と、サイコロ状に刻んだバターを渡す。

「お、やってみよっと」

知らない味にはどんどんチャレンジしなきゃ、と耕三郎が率先して小皿に手を伸ばす。

「耕三郎さんのいつも前向きな姿には、俺も感化されちゃうな。恐れちゃいけないよね」

碧のその言葉は、食に関してのことではないのはわかっていた。風花の主としての仕事ははじまったばかりだ。宿泊客は常にはじめての客だ。リピーターだったとしても、その時々で集う相手は違い、また偶然同じだったとしても、時が違う。

その都度、彼らがどういうことを望んでいるか、どうすれば心地よく過ごせるか、心を配っていきたい。恐れることなく、歩いていこう。

「グリーンサラダには、ビネガーをかけています。味付けはお好みで」

そう言うと、単衣が暖炉《だんろ》のマントルピースの上から、塩と胡椒《こしょう》がそれぞれ入った陶器のスパイスミルを手に取った。

「あら、それスパイスミルだったのね。かわいらしいお人形だって思っていたけど」

柚月が単衣の手に握《にぎ》られた人形のかたちをしたふたつのミルに目をやる。

「他にもいくつかありましたよね」

飲食店のインテリアにも興味があるだろう耕三郎が、気になっていたのだ、と言う。

「ええ、すみません。厨房に置いたままでしたね」

片付けるのを忘れていた、と風花が厨房に走る。

一つめのミルには、夕飯のトーストに使ったシナモン、二つめには深夜に飲んだコーヒーにふりかけたナツメグ、三つめには朝食のカレリアパイのあしらいにしたドライハーブ。そして四つめと五つめには塩と胡椒。

ミルをひとつずつ数え、この三日間の思い出に浸っていた。もちろん暖炉の脇で驚愕《きょうがく》の事実に口をあんぐり開けている「彼ら」がいたことなど、知る由《よし》もなく。

助手の帰還

衝撃だった。

小説の謳《うた》い文句風にいえば、〈たった一行が世界を変える〉といったところだろう。まさかあのいわくつきだと信じていた陶器の人形がただの調理道具だったとは。

「俺は胡椒をしっかり利かせて」

と楽しげに言って、ガリガリとミルを回す音がテーブル席から聞こえる。

鼻をひくつかせたら、くしゃみが出た。

「じゃあ、伝言が終わった印というわけでもなかったのか」

助手が唸《うな》る。

「え、そう思っていたの？　人がひとりずついなくなるんじゃなくって？」

再びの驚きの見解に、俺は付いていけなくなる。

「だってさ、この雰囲気だろ。とても事件が起こるなんて思えなくなってきたんだ。そうしたらさ、キミが伝言の仕事を終えるごとに人形が減ってるんじゃないかってさ」

助手なりにいろいろ考えてくれていたようだ。

「どっちも違ったね」

顔を見合わせ笑う。

「タイプの文字も見当はずれだったよね」

〈ｍｕｎａ〉なんていう聞きなれない言葉から、あれこれ連想していたのだけれど、単に単衣が材料のことを考えながらフィンランド語の単語を入力しただけだったという。

「フィンランド語の知識はなかったよ」

と言った助手が真顔になる。

「それにしてもさ、さっきのには驚いたよ。まさか僕が伝言係までやるなんてさ、聞いてないよーって心の中で叫んじゃったもん」

琴美への伝言のことだ。

とっさの判断ながら、うまくいったもんだなあ、と自分でも惚《ほ》れ惚《ぼ》れする。

「琴美さんの会いたい人は依子さん。ほら、依子さんは青の国の人だろ。だから同じ国の住人のあなたが適任だと思ったのさ」

後付けではあるけれど、考えれば考えるほど、これ以外の選択はなかったように思える。

伝言役になった人は、たいてい本人はそれに気付かない。伝言している時間は時空がやや歪むため、一瞬の出来事で何が起こったのかわからないのが常だ。

でも、今回はそうではなかった。こうした緊迫した状況で、いつもの手が使えなかったせいで、伝えている最中は、伝える側にも話している内容がわかっていた。意識と無意識の間くらいのところで発言していたろう。

もちろん伝え終えると同時に、発した言葉は伝言役からはあとかたもなく消えている。魂とともに、伝えた側に渡っているからだ。

「そろそろ僕も失礼するよ」

天候が回復し、青の国の手配による希望の場所への移動が再開されたようだ、と助手が言う。

「伝言猫クンも一緒に行くかい？　彼らに頼めば、少し時間はかかるかもしれないけど、青の国に戻れるだろうから」

晴れたとはいえ、確かにこの雪深さでは、どちらを向いて行けば青の国に続く橋があるのか見当がつかない。でも俺は首を横に振る。

「まだもうひとり伝えなきゃいけないから、俺はもうちょっとがんばるよ」

限られた時間の中で果たして任務が遂行できるかの保証はない。けれどもやるだけのことはやろう。早々に諦《あきら》めてはいけない、と茶トラの責任感が顔を出す。

「そうだね。キミはそういう猫だよね。応援しているよ。そしてまた青の国で会おう」

がっちりと握手した助手が、

「ああ」

困り切った顔でへなへなとその場に座り込んでしまった。

「どうした？　具合でも悪いのか？」

慣れない場所で一晩過ごした上に、大変な任務まで任せてしまった。気力が切れてしまったのではないだろうか、と顔色を窺う。

「忘れていたんだ。カミサンへのクリスマスプレゼントを」

既に涙目になっている。道中に買うつもりだったそうだ。でも生憎《あいにく》の天候で足止めを食らった。そのあとのことは知っての通りだ。

「帰宅前に買い物に寄るのは無理なのか？」

絶望の表情を見れば、それが不可能なのは一目瞭然《いちもくりょうぜん》だ。

「時間がないんだ」

せっかくの往来《おうらい》だ。少しでも一緒に過ごす時間を持ちたいに決まっている。

「ちなみに何を買うつもりだったんだ」

代用できるものがこの館にあるかもしれないからと聞いてみる。

「普段使いできるものがいいと思っていたんだ。そうすれば使うたびに僕のことを思い出せるでしょ。いつでも近くにいるよ、って伝えられるかな、ってさ」

このときばかりは目を輝かせて話してくれる。微笑ましく聞いていた俺の耳が鋭く反応した。

「なあ、ポーチとかどうだ？」

俺の提案に、助手が首をたてに大きく振った。そんなに振ったら首が取れちゃうんじゃないかと心配になるくらいだ。

「俺にちょうどいいサイズだから、ちょっとちいさいかもしれないけど、使い勝手は保証する」

と、俺はおもむろに腰のポーチを外した。

「でもそれ、伝言猫クンの大事な仕事道具だろ？　いいの？」

一度は水浸《びた》しになったし、しかも本当はこれは虹子《にじこ》さんの私物だ。でもきっと虹子さんだって許してくれるだろう。

「使い古しだけどな。気に入ってもらえるといいな」

とポーチから五枚のハガキを取り出す。ハガキはしわくちゃになって、もちろん文字は消え去り、そしてすっかりカラカラに乾いていた。

「かわいい色だ。うん、彼女に似合う」

ポーチを大事そうに抱える助手に、

「ほら、早く行かないと。首を長くして待っているだろうよ」

と急かす。いつまでも去りがたそうにしていたけれど、

「伝言猫クンに会えてよかった」

別れ際にそんなことを言われた。

「こっちこそ。いろいろ助かった。ありがとな」

お礼を伝えた。いい助手だったぜ、無事の旅路を祈った。

デザート

助手が去り、『聴雪館』には五人の宿泊客と主、それから俺が残された。テーブルには、コーヒーと食後の焼き菓子が並べられていた。

「風車《かざぐるま》だ」

俺がそう思うのと同時に、碧が口に出した。そう。まるで縁日で売られている風車に似た形をした焼き菓子だったのだ。全体に砂糖がふりかけられているからか、雪の結晶みたいにも見える。

「クリスマスタルトっていうフィンランドのクリスマスのお菓子なんです」

単衣が宿泊客の顔を見回しながら、Joulutorttu（ヨウルトルットゥ）とフィンランド語のお菓子の名を紹介する。すっかり「料理長」ぶりが板についていて、俺はなんだか嬉しくなる。

「タルト？」

「ええ、実際はパイ、ですね。パイ生地をこうやって形づくって焼くだけ。とっても簡単なんですけど」

レシピを紹介しながら、それぞれの皿にサーブしていく。四角に切ったパイ生地の四隅に切り込みを入れ、折り畳《たた》むとこの形になるのだそうだ。

「真ん中に載っているのはジャム？」

琴美が風車形のお菓子をつまみ上げる。風車の中心のところに、ポッチのようにジャム状のものが盛られている。

「はい。プルーンジャムを載せるのが本来なんですけど、今回はありもので、ブルーベリージャムを使いました」

　サクッと囓った音がそこここから聞こえ、

「これはコーヒーに合う。しかもこの深煎りの豆にぴったりだ」

　耕三郎が感心する。

「軽いから、いくらでも行けちゃうね」

　普段あまり甘いものは食べないという碧が、やんちゃな顔で頬張《ほおば》るのを、柚月がいとおしそうに眺めていた。

推理の大詰め

「ところで、なんで何も入れてない額《がく》が飾ってあるんですか?」

　いよいよ本題だ。

　幕開けのひとことは、耕三郎だった。俺は身を堅くして、成り行きを見守る。口《くち》火《び》を切った当人は、タルトを囓りながら、何気ないふうを装っている。

「額、ですか?」

　風花が言い淀《よど》んだのは、痛いところを突かれたからか。

「実は私もここにスパイスミルを取りに行くたびに、気になっていたんですよ」

　単衣が白状する。

「そうね。ここ、昔は何か入っていたんじゃないかしら」

柚月がからっぽの額を見上げてそう言うのに従って、琴美と碧も頷く。

「額？」

ゆっくりと同じ言葉を繰り返した風花が、あっと大きな声をあげた。

固唾を呑んで見守っていた俺は、その声にびくりとする。

「忘れてました」

風花がきっぱりと言い切った。

解決

「忘れてました」

潔い風花の声に、広間にいる一同の視線が集まる。

「忘れてた？　額を？」

琴美がおずおずと尋ねると、

「いえ、額に入れるのを、です」

風花は皆の視線を押し返すように、ゆっくりと見回し、真相を話し出した。

「こういうことです」

そうやって話し出した彼女の言い分を、俺は明確に覚えている。

この額には、以前、とある詩が入っていたそうだ。詩の綴《つづ》られた和紙は、しかし年月を経て、劣化してきた。知人の伝手《つて》を頼って、表具師を紹介してもらい、裏打ちなどの処理を頼んだ。

戻ってきた和紙は強度も増し、これなら安心だ、と胸を撫で下ろした。クリスマスの客が来るまでに、額に戻そう、そう思っていた。ところが雑務に追われているうちに、すっかり忘れてしまっていた。

「それがこれです」

パタパタとバックヤードに行ったかと思うと、戻ってきた風花の手には、こんな詩の書かれた用紙があった。

聴雪

寒夜無風竹有声
疎疎密密透松櫺
耳聞不似心聞好
歇却灯前半巻経

虚堂《きどう》という中国の僧侶による禅語《ぜんご》なのだと風花が説明する。こんな訳になるのだろうと続ける。


風のない寒い夜、竹の葉に積もった雪が落ちる音だけが聞こえる。

松の植え込みのある窓越しに時に遠く、時に近く。

耳で聞くのは、心で聞くことには及ばない。

禅の心の深さは、灯《あか》りの前に座り、お経を読むことばかりだろうか。


「この館を立ち上げた祖母が好きだった詩なんです」

風花が和紙に書かれた詩と対面している姿はまるでおばあさんと会話をしているようだった。経典を読んでいたのに、いつしか自然の声に聴き入り身をゆだねている様子が描かれているのだ、と穏やかな笑みをもらす。

「心聞の好《よ》きに、ですか」

柚月が読み下すと、

「心の声を聞け、ってことですね」

と、琴美が自らに言い聞かせるかのように呟いた。

「じゃあ、『聴雪館』ってネーミングもこの禅語からだったんですね」

耕三郎が感じ入る。

「ええ。というか、もともとこの禅語が好きで、こういう場所を作りたいって思ってこの館をはじめたんだ、って生前よく聞かせてくれました」

懐かしさに目を細める風花が、からっぽの額に手を添える。碧がさっと立ち上がり、額をおろすのを手伝った。

テーブルにおろされた額を風花が裏返す。

「額装、やりましょうか？」

柚月が歩み寄った。

「いいんですか？　私あんまりこういう作業上手じゃなくって」

頭を掻《か》く風花に、

「彼女、作家なのでこういうの得意なんですよ」

碧の目配せを受け、柚月が微笑んだ。

きっちりと詩が納められた額は、耕三郎と碧の手でふたたび壁に掲示される。

「心聞の好きに」

額を仰ぎ見ていた琴美が、詩の一行を詠《よ》み上げた。

「まるで風花さんのようね」

助手の解決

僕は昨日の夜から過ごした館の建物を仰ぎ見る。

玄関ドアの上に、古びた木札が打ちつけられている。

「『聴雪館』、か」

雪の音を聴く、という体験をはじめて経験した昨夜のことを思い起こしてから、

「なるほど、『虚堂』だ」

僕は右手で拳を作り、左手に置く。ポン、と軽快な音が雪山にこだました。

いろいろと勘ぐっていたけれど、どうやら真相は別のところにあったようだ。

「心聞の好きに……」

僕は『虚堂』の禅語の一編を口ずさむ。

「考えてみれば、主の名前も雪にちなんでいたな」

風花《かざはな》とは、天気のいい日に舞う雪のこと。積もった雪が風で舞った粉雪のこともそう呼ぶ。明るくて、宿泊客を守りながら館を支える彼女の姿になぞらえる。

歩いていくと、石に囲われた堀にぶつかった。いまは硬い氷に閉ざされているけれど、雪が解けると、ここは沼になるようだ。

「夏になれば蛍《ほたる》が出るだろうな」

出る？　何かが引っかかったけれど、おそらく大したことではない。

やがて青の国と緑の国の往来を手伝ってくれる迎えの係員が見えた。僕は伝言猫から貰った水色のポーチをしっかりと胸に抱え、係員に見えるように、片手を挙げて合図を送った。

帰路へ

大広間にて

食事を終えた宿泊客は、各々《おのおの》自室に戻って帰り支度をはじめた。

「ここはお任せください」

朝食の片付けをしようと厨房に立った単衣《ひとえ》に風花《ふうか》が声をかける。言葉に甘え、単衣も部屋に戻る。

暖炉《だんろ》の上に、五つの陶器の人形が整然と並んでいるのを俺は横目で見て、ホッと胸を撫《な》で下ろす。


荷物をまとめた宿泊客が、ふたたび大広間に集《つど》う。いよいよ大団円。ミステリ小説ならば、登場人物全員の前で、探偵が容疑者を指名する場面だ。

「さ、最後の一仕事だ」

俺は魂を尻尾《しっぽ》にぐっと込めた。

五つめの伝言

今日の仕事は、春に発売される雑誌の撮影だ。きっと軽《かろ》やかなアウトドアの衣装が用意されているだろう。積もった雪山が映り込まないよう、カメラさんは大変かもしれない。タレントだからと、出番まで車に籠《こも》っていたりせず、積極的に手伝いをしよう。

　そんなことを考えているうちに力が漲《みなぎ》ってきた。戻ったらドラマの番宣を兼ねたバラエティー番組の収録。ドラマの撮影の合間には、打ち合わせや取材もある。はじめてのレギュラー番組も控《ひか》えている。

「うん、一緒に進んでいこう」

　心の中の依子《よりこ》に声をかけ、キャリーバッグのハンドルを握《にぎ》った。

「風花さん、ありがとう。ずっと心を占めていた苦しみが消え、それが希望へと変わりました。まるで静かに解け、輝く雪のように」

　琴美《ことみ》は自分でも驚くほど素直に思ったことが口をついて出た。この館の魔法にかかったのかもな、と少しだけ不思議だったこの二日間に思いを馳《は》せた。

＊

　ヤンソンさんの誘惑、カレリアパイにクリスマスタルト。思いがけずたくさんの料理を作った。限られた材料だったし、事前の準備もできなかったから、絶品、というわけにはいかなかった。それでもみんなが楽しんでくれたこと、それだけは単衣にもしっかりと伝わっていた。

　夢を追うことは簡単なことではない。小説やドラマのように、大金が手に入ったり、偶然の出会いが重なることなどない。それでもいまいる場所で精一杯やるべきことをやること、それだったらすぐにでも可能だ。それを丸ごと楽しむことができたら、日常は夢や希望へと変わる。

「すべては心だ」

　自分で自分に言った台詞を嚙《か》みしめた。大切な厨房を素人《しろうと》の自分に、この二日間明け渡してくれた風花の心意気にも感謝した。

「風花さん、私、たまたまこの館を知ったんですけれど、思い切って来てよかったなって思います。とてもいい経験をさせてもらいましたし、自分自身を見つめる時間になりました。降り積もる雪のように、ゆっくりと少しずつ自分の想いを積み重ねることができました」

　晴れやかな笑みが、自然と顔に現れていた。

＊

　ビジネスバッグの外ポケットに耕三郎《こうざぶろう》は手を入れる。古びたポストカードにそっと触れた。

　よかれと思ってやったことが、かえって相手を傷つけることもある。迷惑になる場合だってある。だからといってそればかりを気にしていたら、何もできない。

　ただ、そういう別の側面もあるのだ、ということを戒《いまし》めながら、丁寧に対応していきたい。それは仕事だけでなく、人間関係、それに全ての事柄に対してだ。

「想いを無駄にはしないように」

　出会った全てのものへの誓いとなった。

「風花さん、実は昨夜、仮眠くらいしかしていないんですけれど、とても気持ちが晴れやかなんです。この館の雰囲気、それに風花さんのおおらかさのおかげです。豪雪になって大変に感じることもあるかもしれないけれど、こうしてありがたく思えることのほうが大切ですよね」

　後悔をしていても仕方ない。それを乗り越え、更新していく仕事をしていきたい。それが感謝と恩返しになる。そうでならなければいけない、と、自分が口にした言葉の意味を説いていた。

＊

この旅が碧《あお》との最後の旅だと決めていた。柚月《ゆづき》はそう告げる予定でいた。お互いの第二章に進むには、それしか方法がないと感じていた。

でも思いがけずに碧から提案を受けた。別れるという究極の選択をせずとも、ほかに歩み方があるのではないか、そう問われた。

もちろんうまくいかないかもしれない。でもうまくいかなかったら、その時にまた新しい道を探ればいい。頑《かたく》なだった自分の心がほどけていくように感じた。

「風花さん、雪はいつかちゃんと解けて、やがて新しい季節を迎えるのよね。そうやって季節は繰り返していくのね。【聴雪《ちょうせつ》の間】で降り続ける雪を見ていて、そんなことを想ったわ。この館を開けておいてくれてありがとう」

柚月の言葉にじっと耳を澄《す》ませていた碧も、「ありがとう」と呟《つぶや》いた。

＊

風花は宿泊客からの言葉に、こみ上げるものがあった。

「至らないことばかりでしたのに……」

それ以上、続かなかった。

いつでも満点の接客ができるとは限らない。けれど、精一杯誠実に対応することで、減点を補えることもある。正解や完璧を求めるよりも、目の前のひとつひとつを大切にしていきたい。晴天に細かく舞う粉雪のように。

――おばあちゃん、素敵なクリスマスプレゼントをありがとう。

*

宿泊客が館をあとにする。

全ての伝言を終えた俺は、満足感に浸《ひた》っていた。おっと、最後の伝言のことを話さないとな。

伝言する五人めは風花さん。会いたい人は、

〈聴雪館の初代主《あるじ》のおばあちゃん〉

そしておばあさんからの伝言は、この場に既に用意されていた、ということだろ

う。おそらくはスカイがその事前任務をこなしたのだろう。

青の国にいるおばあさんは、風花が会いたがっているのを知って、クリスマスプレゼントを用意する。それが今回の宿泊客だ。

宿泊客にこの館で幸せなひとときを過ごしてもらい、風花がここで主として過ごすはじめてのクリスマスを成功させたい。

そう考えて、「会いたい人」がいる四名が宿泊客として選ばれた。ここで会いたい人に会わせる、という趣向を考えたからだ。そこで、実行部隊として俺がやってきたのだ。

おそらく虹子《にじこ》さんはそこまでは理解していなかったのだろう。各自の想いを伝えるためには、伝言猫が自主的に動くことが多いからだ。スカイもそのあとの仕事を俺がやるなどとも思いもせずにいたから、引き継ぎがなされなかったのだろう。

ずいぶんと面倒な仕事を残してくれたものだ、とスカイを軽く恨んだりもしたが、俺は何を隠そう立派なベテラン伝言猫だ。培ってきた想像力を駆使し、なんとかやり遂げることができた。

そういえば宿泊客の帰り際に、こんな会話があったっけな。

「『聴雪館』の名を冠《かん》していますから、もちろん冬がおすすめなんですけど」

と前置きした風花が、

「次はぜひ夏にいらしてください」

頭をぺこりと下げた。

「夏も涼しくて気持ちよさそうねえ」

柚月の笑みに、碧が賛同する。

「はい。近くに小さな湖があるので、そこでボート遊びも出来るんですよ」

館が所有しているゴムボートもあるのだと自慢した風花が、

「楽しそうだなあ。その時こそは仕事を置いて休暇に来るかな」

と、すっかり次の旅の計画を立てている耕三郎に、ぜひぜひ、と続ける。

「その湖、というか沼のあたりでは、夏には蛍《ほたる》が出るんですよ」

「まあ、そうなの？」

琴美が驚いたそのとき、単衣がパッと顔を上げた。

「もしかしてあれじゃないですか？　運転手さんが言っていた」

「ヤマブシだかヤマブキとか、でしたっけ」

昨夜の会話をちゃんと記憶していた耕三郎が加勢する。

「はい。ヤマブシもヤマブキも蛍のことです。方言だと思うんですけど」

答える風花の弾ける声を耳に入れながら、ゴムボートは脱出のための道具じゃないし、夏に出るのは怪しい何か、じゃなく蛍だった。

――ミステリの読み過ぎもたいがいにしないとな。

自分の早とちりっぷりに愉快《ゆかい》になった。それからこんなことも考えた。雪が解けると「チェス」模様の石畳が姿を見せ、庭ではオレンジ色の「ヤマブキ」の花が咲き誇る。「沼」に「ゴムボート」を浮かべ、「陶器の人形」みたいな麦わら帽子をかぶった子どもたちが遊ぶ。「沼」は関係ないだろって？　ほら、「ｍｕｎａ」を並びかえると「ｎｕｍａ」になるだろ。

謎を解いて繋げていくと、聴雪館の雪のない季節の景色になるっていう推理も素敵だろ、とほくそ笑む。それはまるで助手が教えてくれた暦の歌の春や夏の風景みたいだ。クリスマスだって地球のあっち側に行けば夏なんだ。クリスマスは暑くても寒くてもクリスマス。風花もそんな台詞を口にしていたっけな。物事の裏っかわにも面白いことは潜んでいるんだよな。

「あー、終わったあ」

俺はやりきった充足感に浸って、思いっきりノビをする。このままひとやすみでもするか、と思ったあたりで、現実に戻る。

「ところで俺、いつになったら戻れるんだ？」

伝言猫の仕事を終えると、いつもは来た道を戻っていくと、カフェ・ポンに行き着く。けれども、あいかわらず四方は雪に閉ざされたままだ。

耕三郎が用意してくれた猫缶も食べきってしまった。料理人の単衣も帰ってしまった。主の風花は、二階の部屋の掃除《そうじ》にかかりっきりだ。暖炉の薪《まき》もまもなく尽きそうで、心許《こころもと》ない炎を揺らしている。

とぼとぼと開け放たれた玄関ポーチに歩み出る。雪はやんでも、寒さは厳しい。

「このまま俺、雪山に埋《う》もれてしまうのか……」

門番のサビが心配しているかもな。虹子さんも俺の帰りを待っているだろうに、すまないな。お魚のスープを作ってくれるって言っていたのにな。スカイに仕事の成り行きを話したかったな……。

だんだん睡魔が襲ってきた。雪山で寝てしまったらおしまいなのに、抗えない。遠のいていく意識の向こうから、俺を呼ぶ声が聞こえる。

「ふー太、ふー太」

ついに幻聴を耳にするまでになってしまった。ああ……。青の国の住人が死んだら、次はどこに行くのだろうか。絶望感の中で幻聴がこだまする。

探偵の帰還

「ふー太、ふー太」

うつつの中でいつまでも声が続く。

「いや、違う」

俺は我《われ》に返って、がばりとからだを起こす。聞こえているのは幻聴ではない。

「ふー太、こっちだよー」

頭の上から聞こえたかと思うと、視界に何かが飛び込んできた。箒《ほうき》に乗った黒猫だ。

「ナツキ!」

魔女猫のナツキが颯爽《さっそう》と箒に跨《またが》って手招きしている。

「後ろに乗って!」

と目の前に降り立ち、すとんと地面に後ろ肢を付けて着地した。

「なんでここがわかったんだ?」

驚く俺に、ナツキがふふん、と涼しい顔をする。

「虹子さんがね、ふー太の帰りが遅いからって心配して私を訪ねてくれたの」

早く、と急かされ、俺はおそるおそる箒のうしろに跨る。

「飛ぶよ。しっかりつかまっていてね」

ナツキがくっと後ろ肢で地面を蹴《け》ると、ふわっと体が浮いた。それからすーっと音も立てずに前に進んだ。切る風は冷たいけれど、意外と気持ちいい。眼下には真っ白い大地が広がっていた。

琴美が、たくさんのスタッフと談笑している。撮影は順調に進んでいるようだ。

耕三郎は、自家用車の中でスマホに目を走らせている。この近くに開店する店舗の情報でも見つけたのだろうか。あるいは、老舗《しにせ》飲食店に長く続ける秘訣を聞きにいくのかもしれない。

國枝夫妻は駅前の観光センターで地図を貰ったようだ。このあと足を伸ばして、どこかに行ってみることにしたのだろう。

単衣は物産品を扱う「道の駅」に寄ったみたいだ。地元の珍しい食材に目を輝かせている。新メニューの考案が楽しみだ。

『聴雪館』では、掃除道具を一階に運んできた風花が首を傾《かし》げていた。

「あら。そういえば迷子の茶トラの猫くんは、無事におうちに帰ったのかしらね」

暖炉の火をいったん落とし、掃除の続きにかかった。

俺は仕事の無事の終了を噛み締めていた。報酬に、ミチルとこの館に来るのもいいな、なんて思っていたけど、しばらく寒いのはこりごり。常夏《とこなつ》の南の国にでも行きたいよ、などと夢想する。

「あーあ、それにしても結局事件は起こらなかったなあ。さしずめ『そして誰もいなくならなかった』だよ」

俺はあくびを噛み殺しながら呟《つぶや》く。

「え？　何か言ったー？」

ナツキが器用に箒を操作しながら振り返る。

「いや、なんでもない」

風の音に紛《まぎ》れないよう、大きな声で言い、俺は振り落とされないよう、箒をぎゅっと握りしめた。

ほどなくして、カフェ・ポンの真っ白い屋根が見えてきた。

作中の詩は以下より引用いたしました。『日本の詩集10　中原中也詩集』（角川書店）、『新潮日本古典集成〈新装版〉　枕草子　下』（新潮社）、『マザー・グース3』（谷川俊太郎・訳　和田誠・絵　講談社）、『英語の詩』（河野一郎・著　岩波書店）、『日本児童文学大系　第一四巻　山村暮鳥　青木茂　集』（ほるぷ出版）、『世界の詩　26　三好達治詩集』（谷川俊太郎・編　彌生書房）、『江湖風月集』（創元社　国立国会図書館デジタルコレクションより）。また、執筆に際し、『マザー・グース2』（石川澄子・訳　東京図書）、『マザー・グース事典』（渡辺茂・編著　北星堂書店）、『床の間の禅語　続』（河野太通・著　禅文化研究所）を参考にさせていただきました。

一部表記は常用漢字に置き換えています。

著者紹介
標野 凪（しめの　なぎ）
静岡県浜松市生まれ。東京、福岡、札幌と移り住む。福岡で開業し、現在は東京都内で小さなお店を切り盛りしている現役カフェ店主でもある。2018年「第１回おいしい文学賞」にて最終候補となり、2019年に『終電前のちょいごはん　薬院文月のみかづきレシピ』でデビュー。他の作品に『終電前のちょいごはん　薬院文月のみちくさレシピ』『占い日本茶カフェ「迷い猫」』『今宵も喫茶ドードーのキッチンで。』『伝言猫がカフェにいます』『本のない、絵本屋クッタラ　おいしいスープ、置いてます。』『こんな日は喫茶ドードーで雨宿り。』がある。

ＰＨＰ文芸文庫　伝言猫が雪の山荘にいます

2023年12月21日　第１版第１刷

著者	標野凪
発行者	永田貴之
発行所	株式会社ＰＨＰ研究所
東京本部	〒135-8137 江東区豊洲5-6-52 文化事業部 ☎03-3520-9620（編集） 普及部 ☎03-3520-9630（販売）
京都本部	〒601-8411 京都市南区西九条北ノ内町11
PHP INTERFACE	https://www.php.co.jp/
組版	朝日メディアインターナショナル株式会社
印刷所	大日本印刷株式会社
製本所	株式会社大進堂

ISBN978-4-569-90366-8

PHP文芸文庫

伝言猫がカフェにいます

標野 凪 著

「会いたいけど、もう会えない人に会わせてくれる」と噂のカフェ・ポン。そこにいる「伝言猫」が思いを繋ぐ？ 感動の連作短編集。

PHP文芸文庫

猫を処方いたします。

石田祥　著

怪しげなメンタルクリニックで処方されたのは、薬ではなく猫⁉　京都を舞台に人と猫の絆を描く、もふもふハートフルストーリー！

PHP文芸文庫

猫を処方いたします。2

石田祥 著

「しんどいときは我慢せんと、猫に頼ったほうがええんです」。ちょっと怪しいクリニックとキュートな猫達が活躍するシリーズ第二弾！

PHP文芸文庫

鯖《さば》猫《ねこ》長屋ふしぎ草紙(一)〜(十)

田牧大和 著

事件を解決するのは、鯖猫!? わけありな人たちがいっぱいの「鯖猫長屋」で、不可思議な出来事が……。大江戸謎解き人情ばなし。

PHP文芸文庫

ペンギンのバタフライ

中山智幸　著

時間を遡れる坂、二年後からのメール……時間をテーマにしたちょっと不思議で、小さな奇跡が大きな感動を生むハートフル・ストーリー。

PHP文芸文庫

天方家《あまがたけ》女中のふしぎ暦《こよみ》

黒崎リク 著

奥様は幽霊？　天涯孤独で訳ありの結月が新しく勤めることになった天方家には、奇妙な秘密があった。少し不思議で温かい連作短編集。

PHP文芸文庫

お銀ちゃんの明治舶来たべもの帖

柊サナカ　著

明治の世に設立された女子写真伝習所の三人娘。彼女達の、不思議な事件と舶来スイーツと恋愛に大忙しな日々を描く連作ミステリー。

PHP文芸文庫

金沢 洋食屋ななかまど物語

上田聡子 著

洋食屋の一人娘・千夏にはずっと想い人がいた。しかし、父は店に迎えたコックを婿にしたいらしく……。金沢を舞台に綴る純愛物語。

PHP文芸文庫

下鴨料亭味くらべ帖

料理の神様

柏井 壽 著

京都の老舗料亭を継いだ若女将のもとに、突然料理人が現れた。彼と現料理長が季節の食材を巡り「料理対決」を重ねていくのだが……。

PHP文芸文庫

下鴨料亭味くらべ帖2

魚の王様

柏井 壽 著

旬の食材を用いた新旧板長の料理対決を軸に、亡き父の後を継いだ若女将による京都・老舗料亭の再建を描く好評シリーズ第二弾。